Mae Jes 'Nôl

Mae Jes 'Nôl

y ferch sydd â phopeth
(wel, yn ôl pawb arall)

Helena Pielichaty

Lluniau gan Melanie Williamson

Trosiad gan Angharad Rogers

DREF WEN

Cyhoeddwyd yn 2009 gan Wasg y Dref Wen,
28 Ffordd yr Eglwys, Yr Eglwys Newydd,
Caerdydd CF14 2EA, ffôn 029 20617860.
Cyhoeddwyd gyntaf yn y Deyrnas Unedig yn 2005
gan Oxford University Press,
Great Clarendon Street, Rhydychen, OX2 6DP
dan y teitl *Brody's Back.*

Mae'r cyhoeddwr yn cydnabod cefnogaeth
ariannol Cyngor Llyfrau Cymru.

Argraffwyd a rhwymwyd ym Mhrydain.

I Zuzia
gyda diolch arbennig i bawb
fu'n rhan o gwis llyfrau gogledd Cymru
am ysbrydoli'r cwis llyfrau
yn y stori hon.

Pennod 1

Gofynnodd y boi wrth y drws a oedd Mam gartre. Roedd e'n ddyn canol oed, boliog a do'n i erioed wedi gweld y fath ben moel, sgleiniog o'r blaen. Câi lawn cymaint o drafferth gyda'r parsel fflat yn ei law ag y cawn i gyda'r tei ysgol yn fy llaw innau. 'Wel, mae hi gartre,' meddwn i, gan drio clymu'r tei trafferthus yn ôl rheolau'r ysgol, sy'n dipyn o gamp heb ddrych neu radd mewn origami, 'ond mae'n well i fi'ch rhybuddio chi nad wyth o'r gloch y bore yw'r amser gorau i alw, oni bai bod rhywun wedi marw. Oes rhywun wedi marw?' Edrychais i fyny gan wenu i ddangos 'mod i'n tynnu'i goes – wel, am y busnes marw, ta beth.

'Ym ... ddim hyd y gwn i,' atebodd y boi'n ddifrifol.

Cymerais anadl ddofn a dechrau esbonio. 'Chi'n gweld, wnaeth y ddwy ohonom gysgu'n drwm er i'r larwm ganu, sy'n golygu 'mod i wedi colli'r bws, felly bydd rhaid i Mam fynd â fi i'r ysgol

1

nawr, a chi'n gwybod pa mor brysur yw'r system unffordd 'na yr adeg yma o'r dydd. Ga i gyfnod cosb, siŵr o fod … maen nhw'n rhoi pwyslais mawr ar fod yn brydlon yn Ysgol y Foneddiges Diana … dyna f'ysgol i. Ydych chi'n gwybod p'un yw hi? Yr hen adeilad 'na ar bwys yr oriel gelf a'r ysbyty … er, dim ond rhannau ohoni sy'n hen, mae 'na rannau newydd iddi hefyd.'

Crychodd y boi ei dalcen fel pe bai ar fin cael pen tost. Diawch, roedd ei ben e'n sgleiniog. 'Sgwn i a oedd e'n ei bolisio bob nos?

'Ta beth,' meddwn i, gan fynd yn fy mlaen fel trên, 'dwi wedi cael tri rhybudd yn barod y tymor 'ma am fod yn hwyr; mae Mrs Jones, fy athrawes ddosbarth, yn dweud 'mod i'n chwit-chwat. Nid canmol y mae hi, wrth gwrs, ond smo chi'n meddwl bod chwit-chwat yn air grêt?'

'Ym …' meddai'r boi, gan fyseddu'r parsel a dechrau edrych yn anghyfforddus. Ro'n i wedi clebran gormod, siŵr o fod; rwy'n dueddol o eisiau rhannu popeth â phawb. Ond pan ddechreuodd y ffôn ganu, dyma Mam yn rhoi anferth o sgrech o rywle tu ôl i mi. 'Allech chi ddod 'nôl am bedwar o'r gloch? Bydde pedwar yn dipyn gwell, credwch

2

chi fi,' dywedais wrtho. 'Bydd Mam o gwmpas ei phethau erbyn hynny. O, ond ddim heddiw. Mae'n ddydd Llun, bydd hi yn y *gym* tan chwech.'

Gwgodd y boi. 'Yr unig reswm ddes i nawr yw am i'ch menyw lanhau ddweud mai dyma'r adeg orau i ddal perchennog y tŷ gartre.'

'Wel, mae hi'n dweud calon y gwir,' cytunais. 'Fel arfer byddai popeth yn iawn, ond nid fel'na mae hi bore 'ma. Alla i gymryd neges yn lle hynny?'

Ysgydwodd ei ben. 'Does dim neges,' dywedodd. 'Dwi'n gwerthu lluniau a dynnwyd o'r awyr ac mae'r un o'ch tŷ chi … ' Taflodd gipolwg slei ar yr enw a gerfiwyd ar y llechen '… Cwrt yr Hendre … yn arbennig. ''Drychwch.'

Tynnodd y papur lapio brown i ddangos y llun i mi. Ac yno o flaen fy llygaid roedd llun lliw ffantastig o'n tŷ ni yn ei holl ogoniant, fel petai'r cwbl yn cael ei weld drwy lygad aderyn; roedd y berllan, y stabl, y pwll nofio, yr

adeiladau allanol i gyd, y lôn, yr ardd, a hyd yn oed y guddfan lle ro'n i'n arfer cuddio, i'w gweld yn glir hefyd. 'Beth wyt ti'n 'i feddwl?' gofynnodd y dyn. 'Dim ond tri deg naw, naw deg naw, gan gynnwys y ffrâm aur a'r gwydr arbennig – bargen.'

'Dwi'n meddwl,' meddwn i, wrth lwyddo o'r diwedd i glymu'r tei yn rhyw fath o gwlwm, 'dwi'n meddwl y dylech chi ddod i mewn,' a dyma fi'n rhoi gwaedd ar Mam.

Wrth sefyll yn y cyntedd, daliai Mam y llun fel tasai hi ar fin bwrw rhywun dros ei ben ag e, ac edrychai'n gas ar y boi.

'Beth yw hwn?' gofynnodd mewn anghrediniaeth, a llawes ei chimono sidan yn hongian dros y papur brown toredig.

Aeth y boi drwy'i bethau am y ffrâm aur a'r gwydr arbennig. Doedd hi ddim wedi'i phlesio. 'Ydych chi'n meddwl dweud wrtha i fod hyn yn gyfreithlon? Bod perffaith hawl gan ddieithriaid llwyr i dynnu lluniau o dai pobl heb eu caniatâd? O hofrennydd?'

Diolch i dafod miniog Mam, dechreuodd y boi droi'n welw a bustachu i esbonio. 'Wel … wn i ddim … dim ond newydd ddechrau ydw i … ond mae'r cwmni'n un cyfreithlon … rydyn ni wedi ennill gwobrau a phopeth.'

'Dangosa dy ID i fi 'te, gw'boi!' mynnodd Mam, gan bwyso'r llun yn erbyn y wal ac estyn ei llaw allan amdano. Tynnodd y boi garden blastig oedd wedi'i phlygu o boced ei grys. 'Camera G.K., Caerfyrddin. Hy!' Arthiodd Mam, gan roi'r garden yn ôl iddo.

Dechreuodd y boi edrych yn nerfus. ''Sdim rhaid i chi ei brynu, madam, os nad ydych chi eisiau llun unigryw o'ch cartref, Mrs …?'

'Miller!' meddai Mam yn grac, gan fwrw golwg giaidd 'fel-tasech-chi-ddim-yn-gwybod-hynny' arno.

'Mrs Miller … iawn. Af i â fe 'nôl ac …'

'O na, dim peryg gw'boi!' meddai Mam yn swta, gan gipio'r llun a rhuthro i ben pellaf y cyntedd i nôl ei phwrs.

Syllodd y dyn yn syn ar ei hôl, heb allu credu ei fod wedi llwyddo i werthu'r llun. 'Peidiwch â chymryd hyn yn bersonol; mater o breifatrwydd yw e,' meddwn i wrtho pan oedd Mam yn ddigon pell i ffwrdd. 'Mae lot o'r paparazzi'n dod 'ma i drio cael lluniau heb i ni wybod. "Cyn-fodel Heb

Arlliw o Golur – Hyll Fel Pechod!" – y teip 'na o luniau. "Mond wythnos diwethaf roedd Dad yn y llys am roi pelten i ffotograffydd a ddaeth i'n parti Nadolig ni heb wahoddiad.

Lledodd gwên dros wyneb y boi wrth i'r geiniog ddisgyn o'r diwedd. 'Y ffotograffydd Jac Turner yw dy dad?'

'Ie.'

'Wel, diawch erioed! Rwy'n cofio darllen am hynny. Dw i'n deall yn iawn pam wnaeth dy fam ymateb fel'na nawr.'

'O'n i'n meddwl falle y byddech chi.'

Ro'n i ar dân eisiau cyffwrdd â'i ben moel, sgleiniog ond llwyddais i beidio â gwneud hynny gan ddweud 'hwyl fawr' wrtho, unwaith i Mam ddychwelyd a'i dalu.

Es drwodd i'r gegin gan ddod ar draws Olwen, y fenyw lanhau, yn syllu ar y llun a oedd, erbyn hyn, wedi'i osod yn erbyn y bin sbwriel. 'Mae dy fam yn moyn i fi ei daflu,' meddai hi yn ei hacen hyfryd o'r Cymoedd. 'Mae'n shwd drueni, yn enwedig ar ôl talu cymaint amdano.' Mae'n gas 'da Olwen wastraffu unrhyw beth – yn enwedig arian.

'Nid dyma'n math ni o beth,' esboniais, gan agor caead pot iogwrt mafon yn glou.

Ysgydwodd Olwen ei chan o startsh â'i holl nerth cyn ei chwistrellu dros un o'm crysau ysgol, yn barod i'w smwddio. Hedfanai ei breichiau cydnerth, brycheulyd 'nôl a 'mlaen yn glou ar hyd y bwrdd smwddio. 'Ti'n siŵr? Wy'n meddwl ei fod e'n grêt; mae'n dangos pob un manylyn.'

'Dyna'r broblem.'

Edrychai Olwen yn syn, fel y gwnâi'n aml ar ein "ffyrdd bach od ni" fel mae hi'n eu galw, ond doedd gen i mo'r amse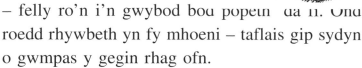gwaeddodd Mam o'r cyntedc ddim fory!'

'Rwy'n dod!' Estynnais ar yn ddigon trwm i wneud i ael

– felly ro'n i'n gwybod bou popein ua ii. Ona roedd rhywbeth yn fy mhoeni – taflais gip sydyn o gwmpas y gegin rhag ofn.

'Wedi anghofio rhywbeth, pwt?' gofynnodd Olwen. 'Ma' Robert ni 'run peth. Byse'n anghofio'i ben tase fe ddim yn sownd wrth 'i sgwyddau. Cymer di neithiwr nawr, ro'dd e'n ...'

Gwyddwn taswn i'n aros i wrando ar un o

straeon Olwen am ei mab pedair ar bymtheg oed, "hanner call a dwl", na faswn i'n cyrraedd yr ysgol tan amser cinio, er mor ddifyr oedd yr hanesion hyn, felly gwenais yn bert a'i hanelu hi am y drws. 'Rhaid i fi fynd, Olwen, neu fe fydd Mrs Jones yn mynd yn benwan. Wela i di.'

Chwistrellodd yr un crys unwaith eto. 'Gwed ti wrthi, *lyfli girl*, ei bod hi'n well i rywun fod yn hwyr yn y byd hwn na'n gynnar yn y byd nesaf.'

'Mi wna i!'

Pennod 2

Credwch neu beidio, ond llwyddodd Mam i gyrraedd pen arall y dre gan sgrialu i stop tu fas i fynedfa Ysgol y Foneddiges Diana dair munud cyn i'r gloch ganu. Wn i ddim pam i fi synnu cymaint; arferai Mam yrru ar draws Efrog Newydd, felly dyw canol Trefawddog yn ddim byd o'i gymharu â hynny. Mae'n siŵr fod anwybyddu pob un rhybudd i arafu wedi helpu rhywfaint hefyd. Parciodd ar y llinellau melyn dwbwl a rhois gusan ta-ta iddi. 'Wela i di heno ar ôl y clwb,' gwenodd hithau.

Y clwb yw'r Clwb 'Rôl Ysgol yn fy hen ysgol gynradd, Allt Mynydd. Mae'n rhywbeth rhwng clwb ieuenctid a chylch meithrin i blant sydd eisiau aros 'mlaen i wneud gweithgareddau ar ôl ysgol. Bues i'n poeni na fyddwn i'n gallu parhau i fynd yna unwaith i fi ddechrau yn yr ysgol uwchradd, achos dyma'r unig le alla i dreulio amser yng nghwmni Osh, fy sboner. Ond dros

9

yr haf fe gododd Mrs Thomas, yr oruchwylwraig, yr oed gadael o un ar ddeg i dair ar ddeg er mwyn denu rhagor o blant i ymuno. *Et voilà* – problem wedi'i datrys.

'Ocê, Kiersten, gyrra'n ofalus nawr,' meddwn i wrth Mam, gan droi i ymuno â'r criw bach olaf i gyrraedd yr ysgol.

'Iawn, mi wna i – o, a phob lwc i ti gyda'r ymarfer ar gyfer y cwis llyfrau,' galwodd ar fy ôl.

Troais rownd ar fy union fel 'swn i wedi cael sioc drydanol. Dyna beth o'n i wedi bod yn ceisio'i gofio yn y gegin!

'*Doh!*'

Syllodd Mam arnaf dros ei sbectol haul. 'Jes! Wnest ti ddim anghofio'r llyfrau?'

Nodiais fy mhen. Roedd Mrs Thomas wedi trefnu cwis llyfrau yn erbyn clybiau eraill y cylch, a rhywsut neu'i gilydd ro'n i'n gapten ein tîm ni yn y diwedd. Am esiampl dda i'w gosod – anghofio'r union lyfrau yr oeddem i gael ein holi yn eu cylch. Ro'n i fod i'w rhoi nhw heddiw i Llion Jones, aelod arall o'r tîm, mewn da bryd ar gyfer y rownd gyntaf ddydd Iau. Shafins!

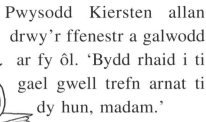

Pwysodd Kiersten allan drwy'r ffenestr a galwodd ar fy ôl. 'Bydd rhaid i ti gael gwell trefn arnat ti dy hun, madam.'

''Wy'n gwybod!' gwaeddais yn ôl wrth i mi gerdded ar hyd llwybr yr ysgol i gyfeiliant sŵn y gloch yn canu o'r brif fynedfa, ''Wy'n gwybod!'

Do'n i ddim arfer bod yn anhrefnus o gwbl; ond mae popeth tamed bach yn galetach ers i fi ddechrau yn yr ysgol uwchradd. Peidiwch â 'nghamddeall i; rwy'n joio yn yr ysgol. Mae bron iawn pob un o'r athrawon yn ddynol a dwi wedi gwneud tomen o ffrindiau newydd, ond mae cymaint mwy i'w gofio nag oedd yn yr ysgol gynradd. Ry'n ni'n dechrau'n gynharach, yn gorffen yn hwyrach ac mae'r ysgol yn bellach i ffwrdd, sy'n cipio amser o bob pen i'r diwrnod. Ar ben hynny, mae ribidirês o weithgareddau

11

allgyrsiol i'w hystyried, fel pêl-fasged, ffliwt a drama, heb sôn am yr holl reolau, a mwy fyth o waith cartref. Rhwng yr holl bethau hyn mae'n rhaid dod o hyd i'r amser i ymweld â'r deintydd er mwyn trwsio'r *veneer* ar fy nant blaen. Collais i'r dant gwreiddiol fisoedd yn ôl – stori hir, peidiwch â gofyn – ond gan 'mod i'n dal i dyfu mae siâp fy ngheg yn dal i newid, felly mae'n rhaid i fi fynd at y deintydd yn gyson er mwyn cadw llygad ar bopeth. Diolch i'r drefn nad ydw i'n modelu i Jac rhagor neu byddai'n rhaid i fi gael Mam i brynu cwsg i mi ar e-Bay. Rhwng un peth a'r llall, mae Clwb 'Rôl Ysgol SGAM yn agos at waelod fy rhestr flaenoriaethau'r dyddiau 'ma, sy'n esbonio pam na wnes i feddwl dwywaith am y llyfrau 'na tan i Osh sôn amdanynt ar ôl ysgol.

Mae Osh wastad yn cwrdd â fi ar ôl ysgol gan fod Pengarth, ei ysgol e, yn gorffen yn gynt na Ysgol y Foneddiges Diana, felly bydd yn cerdded ar draws y dre i aros amdana i, a byddwn yn dal y bws i glwb SGAM gyda'n gilydd. Ydy, mae hynny'n reit gyfoglyd o ramantus, 'wy'n gwybod!

'Helô, Diana Banana,' meddai e fel arfer.

'Heia, Pen yr Arth,' meddwn i'n ôl.

'O's 'da ti'r llyfrau 'na ar gyfer Llion?' gofynnodd cyn i fi hyd yn oed gamu drwy'r gât. 'Achos wnest ti ofyn i fi dy atgoffa di amdanynt cyn gynted ag y gwelwn i di.'

'Nac oes,' atebais i, gan dynnu fy nhei a'i stwffio i grombil fy mag cyn dechrau cerdded wrth ei ochr. Rwy'n dweud wrth ei ochr: ces i bwl o dyfu yn ystod yr haf a saethais lan i bum troedfedd chwe modfedd, ond nid felly Osh. Dylwn i gerdded ar yr hewl a'i adael e i gerdded ar y pafin er mwyn i ni fod ar yr un lefel. Nid bod taldra'n bwysig o gwbl.

Cododd Osh ei ysgwyddau. 'Wel, 'wy wedi cadw fy ochr i o'r fargen,' dywedodd cyn cydio yn fy llaw.

'Anghofiais i'r llyfrau. Ro'n i'n chwit-chwat unwaith 'to bore 'ma,' cyfaddefais.

'Mae eisiau i ti gael gafael ar naill ai gloc larwm gwell, ferch,' ceryddodd Osh, 'neu ar gof gwell.'

13

'Ie, ie, ie.'

'Ie, ie, ie,' ailadroddodd Osh ar fy ôl.

Croeson ni'r ffordd ger yr oriel gelf gan anelu am ganol y dre. Roedden ni mor brysur yn siarad am wersi, gwaith cartref ac athrawon, bu bron i ni golli bws Allt Mynydd. 'Wna i roi help i ti gyda dy Ffrangeg os helpi di fi gyda'n Maths pan gyrhaeddwn ni'r Clwb,' meddwn i wrth Osh wrth i ni ddod o hyd i sedd ar y bws. Mae ei Ffrangeg e'n ofnadwy a'm Maths i'n waeth byth, felly mae'n fargen deg. Mae 'na le arbennig i wneud gwaith cartref yn y clwb, sef y gornel astudio, a dyna lle yr awn i weithio, ac weithiau, os na fydd neb yn edrych, i ddal dwylo.

Dim ond tuchan wnaeth Osh. 'Ie, iawn, os cawn ni lonydd gan Cadi. Roedd hi mewn *diawl o dymer* bore 'ma.'

'O, ie,' cytunais, gan dynnu wyneb, 'Cadi.'

Pennod 3

Chwaer fach Osh yw Cadi. Dim ond ym mis Ionawr y dechreuodd hi yn y Clwb 'Rôl Ysgol a dyw hi ddim yn bum mlwydd oed eto, ond mae hi'n bendant yn waith caled. Fel petai i gadarnhau hyn, cyn gynted ag y cyrhaeddon ni'r caban 'dros dro' ar gyrion maes chwarae'r ysgol lle cynhelir y Clwb 'Rôl Ysgol, fe aeth hi draw at Osh yn syth gan anelu'i phen am ei bechingalws a rhoi uffach o wad iddo yn y man tyner hwnnw cyn iddo gael cyfle i'w hosgoi. 'Ti'n hwyr, Osh! Mae bys mawr y cloc wedi pasio deuddeg ers sbel!' meddai'n gyhuddgar, gan wthio'i *fringe* hir, tywyll o'i llygaid.

'Cer i grafu – y dwpsen!' protestiodd Osh, gan blygu mewn poen.

'Na!' meddai hi, gan anelu'i phen yn isel unwaith eto fel rhyw hen afr gorniog. Wn i ddim os mai cyd-ddigwyddiad llwyr oedd e, neu (fel dwi wedi amau ers tro) fod gan Mrs Thomas y gallu i ddarllen meddyliau, achos fe ddewisodd hi'r union eiliad honno i ddod draw atom ni. 'Helô, chi'ch dau,' meddai hi wrth Osh a fi, gan osod ei llaw yn ysgafn ar ysgwydd Ruby a roddodd stop ar gampau honno'n syth, 'sut oedd yr ysgol heddiw?'

'Iawn,' atebon ni'n dau fel un.

'Ches i ddim diwrnod iawn!' meddai Ruby. 'Odd yn rhaid i fi fwyta ffrwyth! Sa i'n lico ffrwythau!'

'Wel, beth am i ti ddod 'da fi i helpu fi baratoi te i bawb? Dwi'n siŵr y down ni o hyd i rywbeth iachus heb ffrwythau ynddo i ti,' awgrymodd Mrs Thomas.

'Ocê,' cytunodd Ruby'n ddigon cyfeillgar, gan roi rhwydd hynt i fi ac Osh fynd i'r gornel astudio. Ond wrth i fi ddechrau dilyn Osh, dyma Mrs Thomas yn gwenu'n neis-neis arna i ac yn dweud, 'Jes, ga i ofyn cymwynas?'

'Wrth gwrs,' meddwn i.

'Ro'n i ar ganol gêm o Jenga gyda'r grŵp bach yna draw fan'na. Fase ots 'da ti gymryd fy lle tra 'mod i'n helpu Ruby?'

'Ym … na,' atebais. Wel, cymwynas am gymwynas, sbo.

Pharhaodd y gêm ddim yn hir ac ro'n i ar fin ymuno ag Osh yn y gornel astudio pan gurodd Mrs Thomas ei dwylo. 'Ocê bawb, mae'n bryd i ni ymarfer ar gyfer y cwis llyfrau,' meddai'n frwdfrydig. 'Gan y byddwn yn croesawu pawb i'r rownd

gyntaf yma nos Iau, mae angen i ni ymarfer sut fyddwn yn eistedd a beth fyddwn yn ei wneud pan fydd y timau eraill yn cyrraedd. Mae Cadi am ddangos i ni sut mae gwneud.'

Gan esgus edrych yn swil i gyd, dyma'r Dywysoges Cadi'n cerdded i ganol y man a oedd wedi'i orchuddio gan garped, cyn eistedd yno'n daclus. Cafodd ei chanmol i'r cymylau gan Mrs Thomas a drodd ei chefn wedyn, ac ni welodd Cadi'n rhoi swaden galed i Daniel prin eiliad yn ddiweddarach pan geisiodd hwnnw eistedd wrth ei hymyl. 'Osh sy fod i eistedd fan'na!' hisiodd ato.

Ochneidiodd Osh ac eistedd wrth ei hochr, gan wybod na châi lonydd oni bai ei fod yn ufuddhau.

Es draw ato i gadw cwmni iddo. Hyd yn oed wedyn dechreuodd Cadi binsio braich Osh a bu'n rhaid iddo'i gwthio i ffwrdd yn union fel tasai hi'n rhyw bryfyn mawr – yr hen gnawes fach ag yw hi.

Amneidiai Mrs Thomas yn hapus braf ar y grŵp a eisteddai o'i blaen, gan ddal pentwr o bapurau yn ei llaw. 'Hyfryd,' gwenodd, 'mi ddylai fod mwy na digon o le i bawb ar y diwrnod. Bydd yr oedolion sy'n cynorthwyo'r clybiau eraill yn gallu eistedd ar hyd yr ochrau a chan mai dim ond y timau sy'n cystadlu fydd yn dod gyda nhw, bydd lle iddyn nhw i eistedd i gyd wrth y byrddau lan fan hyn.' Pwyntiodd at y rhes o fyrddau cinio gwag a fenthyciwyd o'r ysgol. 'Nawr, all aelodau'r tîm cwis ddod allan i'r blaen, plîs?'

'Mi ddylet ti fod wedi gwirfoddoli,' sibrydais wrth Osh wrth i fi godi ar fy nhraed. 'Gallet ti ddianc rhag Poli'r Pinsiwr wedyn.'

'Wedes i wrthot ti fod cwisiau llyfrau'n *naff,'* meddai e gan rwbio'i fraich. 'A sa i fel ti. Alla i ddweud "na" pan fydd rhywun yn gofyn cymwynas,' ychwanegodd.

Wnes i anwybyddu'r ffaith hollol gywir hon amdana i, a mynd i ymuno ag aelodau'r tîm.

'Haia, gang,' dywedais yn wên o glust i glust.

Gwenodd Llion Jones, Beca Heneghan a Sam Rees arna i gan roi *high fives* yn ôl i mi. Ymddiheurais yn syth i Llion am anghofio'r llyfrau. 'Ces i fy nrysu bore 'ma gan ddyn moel a ddaeth i'r drws i werthu llun o'n tŷ ni o'r awyr,' esboniais wrtho. 'Mae'n stori hir,' ychwanegais pan edrychodd arna i ychydig yn rhyfedd.

Ces fymryn o wên gan Llion a ddywedodd fod dim ots ganddo a'i fod wedi'u darllen nhw i gyd, ta beth – ddwywaith.

'O'n i'n gwybod y byddet ti wedi'u darllen,' dywedais i'n gelwydd i gyd, gan roi ochenaid o ryddhad cyn imi droi at Mrs Thomas a dweud, 'reit 'te, bant â'r cart!'

Pennod 4

A dyna ni fwy neu lai; diwrnod go nodweddiadol ym mywyd Jes Turner. Daeth Kiersten i roi lifft i fi am tua chwech o'r gloch, wrth i'r ymarfer ddod i ben. Bu hi'n siarad â rhai o'r cynorthwywyr eraill tra o'n i'n gwneud fy ngorau glas i roi hwb i hyder fy nhîm a sicrhau Mrs Thomas y byddai dydd Iau yn llwyddiant ysgubol. 'Doedd y cwestiynau enghreifftiol ddim yn rhy anodd?' holodd.

'Nac oeddent, siŵr.'

'Nac yn rhy hawdd?'

'Na.'

Gwenodd. 'Da iawn. Dim ond gwella golwg y lle 'ma sydd angen i ni wneud nawr. Ro'n i'n meddwl y gallen ni roi ambell i boster lan ac ychydig o *streamers,* efallai. Beth wyt ti'n feddwl?'

'Ie, syniad da,' meddwn i.

Gwenodd yn ddrygionus. 'Ie, rwy'n cytuno. Ga

i dy fenthyg di fory i helpu? Ti mor hyfryd o dal.'

Wel, ta-ta felly i fy amser i yn y gornel astudio gydag Osh, meddyliais, ond sut allen i wrthod? 'Iawn, wrth gwrs,' atebais.

Yn y car, gofynnodd Kiersten sut ddiwrnod fu hi ac yn ôl fy arfer gofynnais am ei diwrnod hi. Cyrhaeddon ni gartre, newidiais i 'nillad cyfforddus, cawson ni swper, siaradais â Jac a oedd ar y ffôn yn Llundain am faint o fodelau a oedd wedi cael ffit o dymer yn ystod ei sesiwn tynnu lluniau'r diwrnod hwnnw, gwnes damed o waith cartre, gwylio ychydig o deledu, ymarfer fy ffliwt am hanner awr, e-bostio Osh a mynd i'r gwely. Stwff digon cyffredin, ontyfe? Dim byd i gyffroi'r paparazzi fan'na.

Dechreuodd y diwrnod canlynol yn ddigon tebyg, heblaw 'mod i wedi llwyddo i godi ar amser ac na alwodd yr un boi boliog i werthu lluniau amheus o'r tŷ. Daeth y newid cyntaf i'r drefn arferol pan wrthododd Osh fynd i'r caban – gwrthododd ddringo'r grisiau hyd yn oed, fel ceffyl yn stwbwrno wrth ffens anodd. 'Cer i weld ble mae Cadi yn gyntaf,' mynnodd, gan fy ngorfodi i syllu drwy'r gwydr yn y drws. Chymerodd hi fawr o amser i'w chanfod; edrychais draw i'r fan lle deuai'r hwrlibwrli mwyaf a'i gweld hi'n syth.

Trosglwyddais y dystiolaeth fel newyddiadurwr ar y teledu. 'Ym … rydych chi'n ymuno â ni nawr pan fo Miss Puw, gyda'i gwg hyfryd arferol, yn ymladd gyda Mr Daniel Harris dros y bŵts cowboi enwog sy yn y bocs gwisgo lan. Ymddengys mai Miss Puw sy'n ennill y frwydr. Ie, mae ganddi'r bŵt chwith am ei throed dde erbyn hyn ac mae'n bustachu i gael y bŵt dde am ei throed chwith. O, arhoswch; mae Mr Harris, sydd, fe gofiwch, wedi ennill y frwydr hon deirgwaith yn y gorffennol, yn dechrau ymladd yn ôl. Mae e'n gwrthod ildio … mae e'n tynnu ac yn tynnu er gwaethaf cicio gwyllt Miss Puw ac … O, 'na drueni … mae'r dyfarnwr dewr, Mrs Dim Trwbwl Thomas, ar ei ffordd draw nawr i'w gwahanu. Ond, O na! Mae Miss Puw yn gwrthod derbyn penderfyniad y dyfarnwr. Mae hi wedi taflu'r bŵt ar draws y cylch ac mae hi wedi glanio ar gaets Bobi Brwnt

23

y mochyn cwta … mae aelodau'r mudiad hawliau anifeiliaid yn protestio'n groch am y chwarae brwnt yma …'

Ochneidiodd Osh. 'Alla i ddim dioddef hyn. Ro'n i'n arfer dod yma er mwyn cael dianc.' Eisteddodd yn drist ar y grisiau gan syllu ar y tarmac. Eisteddais i wrth ei ymyl.

''Wy'n gwybod; dyw e ddim 'run peth nawr, nagyw e?'

'Elli di ddweud hynny 'to.'

'Ti'n gweld, ro'n i'n gwybod y byddai pethau'n wahanol eleni gan fod y ddau ohonon ni yn yr ysgol gyfun ac yn hŷn na phawb arall, ond wnes i ddim breuddwydio y byddai'n wahanol achos bod dy chwaer fach di'n dwlali bot.'

'A phaid ag anghofio'r brawd gwyllt sy'n aros amdana i pan af i adre.'

I chi gael deall, cyfeirio at Ben yr oedd Osh, sy'n un deg saith oed. Mae e'n swnio'n union fel

Robert, mab Olwen, a Gemma, chwaer fawr Sami, sydd wastad mewn un helynt ar ôl y llall. 'Beth mae e wedi'i wneud nawr?' gofynnais.

'Beth? Ar wahân i racso car Dad wythnos diwethaf, dyweddïo heb ddweud wrth unrhyw un a rhoi'r gorau i'w gwrs coleg i fynd i deithio? Dim rhyw lawer.'

'Wps.'

Gafaelodd Osh yn ei amrannau a'u tynnu reit i lawr dros ei lygaid i edrych fel rhyw fwystfil hyll. Ych! 'I feddwl mai fi yw'r un normal yn y teulu 'ma,' meddai mewn llais oedd i fod i swnio fel Dr Frankenstein.

'Tria di wneud synnwyr o'r holl beth.'

'Mae Mam yn dweud y bydde hi'n mynd yn dwlali bot oni bai amdana i.'

'Dwi mor falch 'mod i'n unig blentyn,' meddwn i, gan chwerthin a phwyso 'mhen ar ysgwydd Osh. Mi fyddai hi 'di bod yn funud fach d d i g o n rhamantus, oni bai am y gwynt oer yn chwipio fy wyneb a'r pecynnau creision gwag yn chwythu o gwmpas ein traed a'r sŵn thwmp, thwmp, thwmp a ddeuai o'r caban. 'Beth yw hwnna?' gofynnais gan eistedd i fyny.

'Sa i'n gwbod; Cadi'n pwno rhywun, siŵr o fod,' meddai Osh.

Edrychais ar hyd ochr y caban a gweld bod y drws i'r sied a ddaliai'r offer, estyniad pren heb ffenest a gysylltwyd wrth ochr y caban symudol, yn symud 'nôl a 'mlaen yn swnllyd. 'Osh,' meddwn i, gan godi'n araf a'i dynnu e ar fy ôl, 'dwi'n meddwl 'mod i wedi dod o hyd i'r ateb i'n problemau.'

Pennod 5

Sleifion ni i mewn i'r sied. 'Mae hyn yn glyd!' medde fi, gan suddo i bentwr o *bean-bags* yn y gornel.

'Ydi,' cytunodd Osh, gan syrthio'n swp wrth fy ymyl, 'ac mae'n dawel 'ma.'

'Bydd rhaid cael arwydd "Dim Croeso i Cadi yn y Caban Hwn".'

'Perffaith.'

'Arhosa di yma ac fe af i i lofnodi'r gofrestr ar ran y ddau ohonom,' meddwn i wrtho. Ond wrth i fi godi, cydiodd chwa o wynt yn nrws y sied gan wneud iddo gau'n glep, a llyncwyd ni gan dywyllwch dudew.

'O!' dywedais, gan ymbalfalu am law Osh.

'Beth sy'n bod? Dwyt ti ddim yn ofnus, wyt ti?' gofynnodd.

'Fi! 'Wy'n dwlu ar y tywyllwch; 'bach o syrpréis oedd e, 'na i gyd. Pam? Oes ofn arnat ti?' gofynnais, gan eistedd i lawr unwaith eto.

'Oes, llond twll,' atebodd mewn llais bach.

Eisteddon ni am hydoedd, yn gwneud dim byd ond dal dwylo heb yngan yr un gair. Dwi ddim yn gwybod pam. Fel arfer, fydd dim pall ar ein siarad ond roedd fel petai'r sied ei hun am i ni fod yn dawel. Fe'n lapiwyd gan y gwres ac ro'n i'n teimlo mor glyd a chysurus. Gwyddwn y dylem fynd i gofrestru ond roedd amser fel petai wedi aros yn stond.

'Hei, Osh,' sibrydais.

'Beth?' sibrydodd yn ôl.

Nawr ei bod hi'n rhy dywyll i wneud unrhyw beth arall, wyt ti'n meddwl y gallen ni ...'

'Beth?' gofynnodd Osh yn betrus.

Yn sydyn reit, ro'n i'n teimlo'n swil. 'Wneud hyn,' meddwn i'n glou gan roi cusan iddo ar ei wefus!

Ddywedodd e'r un gair i ddechrau.

'Be ti'n feddwl?' holais, gan deimlo 'mod i'n hedfan fel pluen fach.

'Odd hi'n iawn,' medde Osh.

'Dim ond "iawn"?'

'Wel, do'n i ddim yn ei disgwyl.'

'Hy! Ocê. Osh, ar ôl cyfri i dri,

rwy'n mynd i roi cusan go iawn i ti fel tasen ni mewn ffilm. Un … dau …'

'Tri,' meddai Osh o 'mlaen i, gan roi cusan i mi yn gyntaf y tro 'ma. 'Oedd' meddai wedyn, odd honna'n bendant yn iawn.'

Wnaeth neb sylwi'n bod ni'n hwyr; roedd Mrs Thomas yn dal wrthi'n rhoi gwers i Cadi ar sut i 'rannu' ac roedd Mr Williams, tad Sami, sy'n gweithio yma fel un o'r cynorthwywyr nawr, yn trio trwsio bariau cawell Bobi Brwnt tra oedd pawb arall yn mynd o gwmpas eu pethau fel arfer. Es i ac Osh draw yn hamddenol, ond ar wahân, i'r gornel astudio lle gofynnodd Llion i mi roi prawf iddo ar *The Lion, the Witch and the Wardrobe* gan nad oedd yn teimlo'i fod yn ei wybod yn ddigon da ar gyfer dydd Iau. 'Wrth gwrs,' meddwn i, mewn llais a swniai ychydig yn fwy gwichlyd ac ysgafnach nag arfer.

Ychydig funudau'n ddiweddarach, anfonodd Mrs Thomas Beca draw i ofyn i mi helpu gyda'r addurno. 'Pa addurno?' gofynnodd Osh.

'Ar gyfer y cwis llyfrau,' meddwn i wrtho, gan mai ond newydd gofio yr oeddwn i fy hun. 'Wyt ti eisiau helpu?'

Syllodd ar y posteri a gariai Beca ac ysgydwodd ei ben. 'Na,' meddai'n bendant. Ro'n i'n dechrau difaru hefyd 'mod i wedi cytuno. Byddai cael eistedd wrth ymyl Osh wedi bod yn lot mwy o sbort, ond roedd yn rhaid cadw at fy ngair.

Wn i ddim lle cafodd hi afael arnynt, ond roedd gan Mrs Thomas ddigon o bosteri am lyfrau i bapuro Palas Buckingham. Cymerodd hydoedd i'w rhoi nhw ar y waliau. Mae'n siŵr 'swn i wedi bod yn gynt taswn i wedi llwyddo i beidio ag edrych draw yn slei i gyfeiriad Osh bob munud. Bu e'n trio'i orau i'm hanwybyddu i hefyd, ond pan welais dop ei glustiau'n troi'n binc wrth iddo edrych draw tuag ata i, ro'n i'n gwybod bod ei stumog e mewn cymaint o glymau â f'un i. Roedd rhannu cusan yn well o lawer na rhannu gwaith cartref. Bydden ni'n siŵr o sleifio i'r sied 'na 'to.

Pennod 6

Dyma sgrialu'n syth i'r sied y diwrnod canlynol hefyd. 'Mae angen i ni sorto'r busnes cusanu 'ma mas yn breifat yn gyntaf, neu byddwn ni byth yn gallu 'i wneud e o flaen y lleill,' rhesymodd Osh ar y bws.

Ro'n i'n cytuno'n llwyr ag e a dyma fwrw ati'n syth i ymarfer mewn dim o dro. 'Un fach eto ac fe awn ni i mewn i'r caban,' sibrydais wedi i ni rannu cwpwl o gusanau. 'Mae angen i fi hyfforddi'r tîm ar gyfer fory ac mae Mrs Thomas eisiau addurno rhagor o waliau. Mae hi'n bendant yn mynd dros ben llestri gyda'r busnes cwis 'ma.'

'Beth bynnag,' cytunodd Osh, cyn iddo godi'n sydyn fel tasai e 'di cael bwled yn ei ben-ôl.

'Beth sy'n bod?' gofynnais yn llawn pryder.

'Clywais i leisiau.'

'Wel?'

'Lleisiau mamau!'

'Cerddoriaeth oedd yn llenwi 'nghlustiau i,'

ochneidiais.

Doedd Osh ddim yn gwrando. Roedd e eisoes yn ymbalfalu'i ffordd i gyfeiriad y drws pan agorwyd e o'r tu fas. Gwnaeth y golau sydyn i mi gau fy llygaid yn dynn. 'O!' meddai Mr Williams, a bu bron iddo ollwng y mat chwarae a ddaliai yn ei freichiau. Lledaenodd golwg o ryddhad dros ei wyneb. ''Dyn ni 'di bod yn poeni lle roeddech chi'ch dau.' Gosododd y mat yn y gornel a galwodd dros ei ysgwydd, 'Mae popeth yn iawn, mae e fan hyn, Mrs Puw.'

Fe glywsom sŵn clic-clac sodlau uchel Mam Osh wrthi iddi ruthro i lawr grisiau'r caban cyn i ni ei gweld hi hyd yn oed. Safai yn y drws â golwg bryderus ar ei hwyneb. 'Osh bach! 'Wy 'di bod ar bigau'r drain! Beth yn y byd wyt ti'n ei wneud i mewn fan hyn?'

'Dim byd,' mwmialodd Osh â'i ben i lawr wrth iddo gamu allan i olau dydd. Gallwn weld ei fod wedi gwrido at fôn ei wallt: roedd ei glustiau'n binc llachar, llachar. 'Ta beth, beth wyt *ti*'n ei wneud fan hyn? Dyw hi ddim yn hanner awr wedi pedwar eto.'

Gwasgodd Mrs Puw ei mab yn dynn ati a rhoi

anferth o gusan iddo ar ei dalcen. 'Nag oes gan fam hawl i ddod yn gynnar er mwyn cael gweld cannwyll ei llygad hi?'

'Mam! Stopia ddweud y stwff slwtshlyd 'ma, wnei di! Mae angen i fi feddwl am fy ffans.'

'Ffans? Pa ffans?'

'Fi mae'n ei feddwl,' meddwn i, gan chwerthin a chamu allan o'r sied hefyd. 'Helô, Mrs Puw.'

Trodd Mrs Puw ac edrych yn syn arnaf; dwi ddim yn credu ei bod hi wedi sylweddoli 'mod i 'di bod yn y sied hefyd. Craffodd arna i ac yna ar Osh â'i llygaid barcud cyn edrych i mewn i'r sied. Teimlwn fel pryfyn a ddaliwyd ar gacen a oedd ar fin cael ei beirniadu mewn sioe.

'Wel!' meddai hi o'r diwedd. 'Pa fath o esiampl yw hyn?'

Roedd fy mhen yn dal i fod yn y cymylau o ganlyniad i'r cusanau Hollywoodaidd, a gwenu fel peth gwirion wnes i, heb ddeall yn iawn beth oedd hi'n ei olygu. Ond fe ddes i ddeall yn go glou, credwch chi fi.

Pennod 7

Y cliw cyntaf fod rhywbeth o'i le oedd nad oedd Osh yno'n aros amdana i ar ôl ysgol y diwrnod canlynol. Arhosais tu fas i'r ysgol am hydoedd, gan golli fy mws arferol o'r dre rhag ofn y byddai Osh yn cyrraedd ar y funud olaf, er taw nid dyna'r peth callaf i rywun sydd ar fin cymryd rhan mewn cwis llyfrau i'w wneud.

Hyd yn oed pan gofiais i am y cwis, wnes i ddim rhuthro o'r arhosfan bysiau i'r clwb; Osh oedd ar fy meddwl yn hytrach na 'Cwis y Clasuron'. Dim ond wedi i fi gyrraedd y caban a'i gael yn gwbl wag y ces i ysgytwad go iawn. O'n i wedi drysu rhwng dyddiadau? Ai'r penwythnos oedd hi?

Cymhlethwyd fi ymhellach gan arwydd a gyfeiriai pawb i neuadd yr ysgol. Pam ein bod ni'n fan'no? Yn enwedig ar ôl i ni dreulio cymaint o amser yn addurno'r caban gyda phosteri a *streamers*? Cerddais yn araf draw at brif adeilad yr ysgol, heb allu deall pam fod cymaint o sŵn yn dod o'r neuadd. Cydiodd Sami yn fy mraich yr eiliad y cerddais i mewn. 'O! Jes! 'Na lwc bo' ti 'di cyrraedd! 'Wy'n credu bod Mrs Thomas yn mynd i gael harten.'

'Beth sy'n digwydd?' holais, gan edrych yn syn ar y llu o blant a eisteddai'n grwpiau ar y llawr pren. 'O'n i'n meddwl mai dim ond y timau ac un cynorthwydd o bob clwb fyddai'n dod?'

'Ie, ie,' cytunodd Sami. 'Dyna beth oedd i fod i ddigwydd! Ond y drwg yw, maen nhw i *gyd* wedi dod ac wedi dod â'r plant i gyd gyda nhw – fel tasai'n rownd derfynol neu rywbeth – felly odd yn rhaid i ni ofyn i Mr Charles am gael defnyddio'r neuadd ac, wrth lwc, fe gytunodd e gan ei fod e'n cymryd rhan 'ta beth, ond dyw Mrs Bailey ddim yn hapus achos roedd hi bron â gorffen polisio'r llawr …'

Edrychais i ben pellaf y neuadd lle pwysai Mrs Bailey'r ofalwraig yn segur yn erbyn ei pheiriant polisio'r llawr. Gyferbyn â hi safai Mrs Thomas a oedd yn chwifio'i breichiau'n wyllt ac yn amneidio arna i i ddod i'r blaen.

'Wel, dyma ni! Bant â'r cart 'te,' meddwn i, gan

adael fy mag gyda Sami.

'Pob lwc!'

'Diolch,' teimlwn y byddai ei hangen arnaf.

Roedd cadeiriau'r neuadd wedi'u pentyrru yn erbyn ffenestri a oedd wedi stemio a gosodwyd y byrddau blith draphlith ar hyd ochrau'r neuadd. Hwnt ac yma eisteddai oedolion mewn crysau chwys o bob lliw dan haul gyda'u breichiau ymhleth a golwg wedi syrffedu arnynt gan eu bod wedi hen 'laru ar aros i bethau ddechrau. Doedd dim digon o le i mi allu cerdded mewn llinell syth at fwrdd SGAM, felly bu'n rhaid i fi wau fy ffordd drwy holl blant y clybiau 'rôl ysgol a oedd fel morgrug dan draed. Ro'n i'n teimlo 'mod i mewn parti pen-blwydd i blantos bach a oedd wedi mynd yn ffradach am nad oedd y clown wedi cyrraedd. Doedd dim rhyfedd fod Mrs Thomas yn edrych dan straen.

Safai yn y blaen â gwên ychydig yn rhy lydan ar ei hwyneb. 'Diolch byth dy fod ti 'ma, Jes,' meddai, gan roi'i llaw ar fy ysgwydd unwaith i mi lwyddo i'w chyrraedd.

'Ydych chi 'di bod yn aros i fi gyrraedd?' holais mewn braw. 'Dylech chi fod wedi dechrau hebdda i.'

'Na, nid dy fai di yw e fod pobl yn methu darllen llythyr yn gywir er bod yr holl fanylion am amserau a niferoedd wedi'u nodi'n glir ynddo,' meddai dan ei gwynt. Anadlodd yn ddwfn cyn chwythu allan drwy'i cheg yn araf er mwyn rhyddhau ychydig o'r tensiwn a deimlai. 'Ta beth, bydden nhw wedi gwrthod yn rhacs â dechrau hebddot ti,' meddai, gan amneidio ar fy nhîm a eisteddai'n union y tu ôl iddi. Cododd Beca a Sam fawd yr un mewn rhyddhad ond syllai Llion yn syth o'i flaen â'i wyneb yn welw ac yn llawn gofid.

'Beth sy'n bod ar Llion?' sibrydais.

'Mae e wedi cael 'bach o ofn, dwi'n credu, o weld yr holl bobl 'ma. Smo fe erioed wedi cymryd rhan mewn rhywbeth fel hyn o'r blaen,' sibrydodd Mrs Thomas yn ôl. 'Ro'n i'n gobeithio y gallet ti ei helpu fe; rhoi 'bach o hwb iddo gyda dy hyder naturiol di.'

'Wrth gwrs,' meddwn i, gan newid yn syth i rôl Jes y Ferch Gall.

Roedd Llion yn cael ei ddysgu gartref; felly

mae'n siŵr nad oedd wedi gwneud fawr ddim o flaen cynulleidfa o'r blaen, fel cymryd rhan mewn gwasanaeth neu sioe ysgol. Gan eistedd yn yr unig sedd wag oedd ar gael, rhois wên fawr i bawb ac edrych yn syth ym myw llygad Llion. 'Llion Jones,' meddwn mewn llais difrifol, 'am ddau bwynt, beth yw arwyddocâd y llythyren S yn enw C. S. Lewis?'

'Stapels,' atebodd yn syth bìn mewn llais bach gwan.

'A dyna'n union beth y cei di dros dy ben-ôl os nad atebi di bob cwestiwn yn gywir.'

Ces gysgod o wên ganddo, ond gwên 'run fath.
'Iawn 'te, bawb; i'r gad!' meddwn i.

Pennod 8

Camodd Mrs Thomas i'r blaen gan guro'i dwylo a gwenu'n benderfynol ar ei chynulleidfa fel arwydd ei bod hi'n barod i ddechrau. Roedd rhai'n dal i aflonyddu ac ambell oedolyn yn dweud wrth bawb i fod yn dawel. Symudwyd yr unigolion bach hynny oedd yn fwy o lond llaw na'r lleill i eistedd o fewn cyrraedd. Roedd Cadi'n un o'r rheini. Cefais gip ar Mrs Heneghan yn cydio ynddi, yn ei chodi o'r rhes a'i rhoi i eistedd yn ei chôl. Felly, os oedd Cadi Dwdl Dandi yma, ble oedd Osh? Yn dost? Dim ots, meddwn i wrth fy hun yn llym. Rhaid oedd canolbwyntio.

'Wel, mae hyn yn wych, on'd yw e?' meddai Mrs Thomas mewn llais mawr dros bob man cyn mynd ati'n syth i gyflwyno Mr Charles fel y cwisfeistr. Dylwn i fod wedi sylweddoli na fyddai fy nghyn-brifathro wedi colli'r cyfle hwn i gymryd rhan; mae e'n dwlu ar unrhyw beth sy'n ymwneud â llyfrau. Ar ben hynny, byddai wedi bod yn fwy na bodlon i roi ei aren i helpu Mrs Thomas gan fod y ddau ohonynt dros eu pennau a'u clustiau mewn cariad â'i gilydd. Oeddech chi'n gwybod eu bod nhw'n mynd i briodi ym mis Mai? Newyddion ffab.

Ta beth, camodd Mr Charles allan o'r tu cefn i'r llwyfan yn gwisgo'r wasgod sidan sgleiniog a arferai ei gwisgo i bob achlysur arbennig, rhwbiodd ei farf a rhoi gwên i ni i gyd. 'Reit 'te, fechgyn a merched, fe gawn ni weld pwy sy'n gwybod beth am eu llyfrau! Bydd y deg cwestiwn cyntaf am un o fy ffefrynnau i, sef *Y Brodyr Bendigedig* gan Nicholas Daniels. Clwb 'Rôl Ysgol Penbrân, am un pwynt hawdd iawn, pwy ysgrifennodd ...'

A dyna sut y cychwynnodd rownd gyntaf y cwis llyfrau. Gan mai rownd i'r tîm oedd hi, roedd hawl gennym i ymgynghori, a sylwodd fawr neb ar atebion tawel Llion. Roedd e'n bendant yn gwybod ei stwff, a bob tro y byddai'n ennill pwynt i ni byddwn yn sibrwd, 'Da iawn ti, boi,' yn ei glust. Roedd y mwyafrif o'r cwestiynau'n debyg i'r rheini y bu Mrs Thomas yn eu hymarfer gyda ni ddydd Llun, rhai syml fel 'Enwch brif gymeriad y nofel' – y math yna o beth.

Mae'n siŵr bod arweinwyr y clybiau eraill wedi gwneud yr un peth achos roedd sgôr pob tîm yn eitha tebyg erbyn y diwedd, ar wahân i ambell glwb lle nad oedd unrhyw siâp o gwbl. Cymerwch chi'r Teigrod Amser Te a eisteddai reit drws nesa i ni, er enghraifft. Tair merch a bachgen gyda gwep a hanner ar ei wyneb e a'i fraich mewn sling oedd yn y tîm, ond doedd dim clem 'da nhw.

Fel mae'n digwydd, doedd y rownd gyntaf ddim yn hollbwysig. Y syniad oedd fod pwyntiau pob tîm yn cael eu cario 'mlaen i'r ail rownd – 'Barddoniaeth i Bawb o Bobl y Byd'. Y rownd honno fyddai'n canfod yr arwyr go iawn achos dim ond pedwar tîm fyddai'n cael mynd ymlaen i'r rownd derfynol yn Llyfrgell Lôn Ucha, Trefawddog, a gynhelir ar Ddiwrnod y Llyfr. Doedd dim syniad 'da ni a fyddai SGAM yn un ohonynt ond teimlem fod gennym obaith go lew.

Ar ddiwedd y cwis, anelodd menyw ifanc â gwallt coch, pigog a chrys-T Simple Minds yn syth at Mrs Thomas. 'Plant hyd at ba oedran, ddywedoch chi, allai gymryd rhan?' gofynnodd yn gyhuddgar, gan rythu arna i wrth ofyn y cwestiwn.

Synnwyd Mrs Thomas braidd gan agwedd y fenyw. 'Wnes i ddim nodi'r oedran, ond gan mai un deg tri yw oedran gadael y Clwb 'Rôl Ysgol, gall plant hyd at un deg tri oed fod yn y tîm, am wn i. Y rheol bwysicaf yw fod yn rhaid iddynt fynychu Clwb 'Rôl Ysgol ...'

'Wel,' meddai'r oruchwylwraig, gan edrych yn ofalus ar fy ngwisg ysgol i, 'trueni na ches i wybod hynny yn gynt.'

'Pwy oedd hi?' gofynnais wedyn, wrth helpu i dacluso'r cadeiriau.

'Ms Spilsby, goruchwylwraig y Teigrod Amser Te.'

'Wel, doedd hi'n sicr ddim yn canu grwndi, oedd hi? Am agwedd ych a fi.'

'Ie,' cytunodd Mrs Thomas gan syllu i'r pellter, 'fe allet ti ddweud hynny.'

Pennod 9

'Diawch. Nid fi oedd brêns y tîm hyd yn oed; Llion oedd hwnnw,' meddwn mewn tymer wrth ddweud popeth wrth Mam am y cwis ac ymateb y Ms Spilsby 'na tuag ata i ar y diwedd.

Chwarddodd Mam. 'Wel, am dy fod ti'n dalach mae pobl yn dueddol o feddwl dy fod ti'n hŷn na phawb arall,' meddai, gan arafu er mwyn troi i mewn i'n lôn ni. 'Dwi wedi gorfod ymdopi â hynny trwy gydol fy mywyd 'fyd.'

'Dylai pobl ddim neidio i gasgliadau.'

'Ond mae 'na fanteision i'w cael 'fyd. Ces i weld lot o ffilmiau nad oeddwn i fod i'w gweld!'

'Hy! Mae hynny ond yn ddiddorol os wyt ti yng nghwmni rhywun tal arall. Beth 'swn i'n ei wneud gydag Osh? Gofyn iddo aros amdana i tu fas i'r sinema?'

Stopiodd Mam y car o flaen y garej ac roedd rhyw olwg ddwl, slwtshlyd ar ei hwyneb. 'O. Ti ac Osh. 'Dych chi mor *sweet*! Ydych chi 'di cael

43

eich cusan gyntaf eto?'

Braidd yn rhy agos at yr asgwrn oedd hynny! Gallwn deimlo fy mochau'n cochi. 'Ca dy geg, Mam!'

Neidiodd o'r car a rhoi clamp o winc i fi. 'Gymera i mai "ydw" yw'r ateb 'te. O, mae fy merch fach i 'di cael ei chusan gyntaf! 'Sgwn i faint o'r gloch yw hi yn Topeka er mwyn i fi gallu ffonio dy fam-gu i ddweud wrthi.'

'Kiersten! Paid ti â meiddio!'

'Un, dau, tri, Osh a Jes yn c-u-s-a-n-u ...' canodd Mam wrth iddi gerdded tua'r tŷ. Mae hi mor anaeddfed weithiau.

'Dwyt ti ddim o ddifri'n mynd i ffonio Topeka, wyt ti?' gofynnais, gan daflu 'mag ar y bwrdd a bolisiwyd mor ofalus gan Olwen.

'Wel, falle ar ôl swper,' meddai hi, gan roi winc arall i mi.

'Iawn, achos mae angen i fi ffonio Osh yn gyntaf – mewn preifatrwydd.'

'Rho gusan iddo oddi wrtha i,' meddai hi'n bryfoclyd. Hy! Mae hi'n meddwl ei bod hi mor ddoniol.

Es i'r lolfa a ffonio rhif Osh; roedd gen i gymaint i'w ddweud wrtho. Mrs Puw atebodd. 'Heia, Mrs Puw, Jes sy 'ma. Ydy Osh yna, plîs?' Bu saib am amser hir. 'Mrs Puw?'

'Nac ydy, Jes; dydy Osh ddim 'ma.'

'O, ocê; wna i ffonio yn nes ymlaen.'

'Na!' meddai â min i'w llais.

'Pardwn?'

'Plîs paid â ffonio 'nôl yn nes ymlaen. A dweud y gwir, 'swn i'n falch taset ti ddim yn ffonio 'nôl o gwbl.'

'Oes rhywbeth yn bod, Mrs Puw?'

'Oes! Mae rhywbeth yn bod, madam. Mae rhywbeth mawr yn bod pan fo plant mor ddwl o ifanc â chi'ch dau'n penderfynu chwarae mamis a dadis yn y tywyllwch. Beth yn y byd o'ch chi'n 'i gredu o'ch chi'n 'i wneud yn y sied 'na?'

'Ym … '

'"Ym," yn wir! Wel, mae'n cwpla'r eiliad hon, Jes. Fydd Osh ddim yn dod i gwrdd â ti ar ôl ysgol rhagor, fydd e ddim yn treulio oriau ar y ffôn 'da ti gyda'r nos, ac os na fydd e'n ymddiheuro i fi am fod mor ofnadw o haerllug ddoe, fydd e ddim yn dod 'nôl i'r Clwb 'Rôl Ysgol chwaith! Mae un mab 'da fi'n barod sy'n dwp fel slej lle bo merched yn y cwestiwn, a dwi ddim yn mynd i adael i ti wneud yr un peth i Osh!'

'Ond Mrs Puw, 'wy … '

'Plîs paid â dadlau 'da fi! 'Wy'n gwybod dy fod ti wedi cael dy fagu'n wahanol i blant eraill dy oedran di sy'n esbonio pam rwyt ti'n ymddwyn lot yn hŷn na'th oedran. Ti siŵr o fod yn rhy gyfarwydd o lawer â chael dy ffordd dy hun 'fyd, ond ddim tro 'ma, iawn?

'Ond, Mrs Puw …'

'Ddim tro 'ma! Dyna ddiwedd arni, Jes.'

A dyna oedd ei diwedd hi hefyd. Y cyfan a glywn oedd hisian y ffôn yn fy nghlust wrth i'r llinell dorri.

Pennod 10

Wow! Dwi ddim yn credu y byddai Miss Cadwaladr, fy athrawes Gymraeg i, o blaid y gair, ond '*gobsmacked*' yw'r unig air i ddisgrifio sut ro'n i'n teimlo ar ôl yr alwad yna. Fy ngheg a effeithiwyd fwyaf. Ro'n i'n gallu rheoli pob aelod arall o'm corff ond doedd fy ngheg jest ddim yn gweithio o gwbl. Ro'n i wedi cael gormod o sioc iddi allu gweithio'n iawn – roedd y *gob* wedi cael homar o *smac*. Allai'r geg ddim esbonio wrth Mam pam nad o'n i'n gallu bwyta swper y noson honno ac ni allai ddweud helô yn ôl wrth Olwen wedi iddi hi fy nghyfarch bore drannoeth chwaith. Yn sicr ni allai wenu pan gafodd y tîm ei longyfarch gan Mrs Thomas, a phan ges i glod arbennig am fy sgiliau fel arweinydd, yn ystod ymarfer y cwis llyfrau yn y Clwb 'Rôl Ysgol amser te ddydd Gwener.

Erbyn nos Sul, a finnau heb gael yr un alwad ffôn oddi wrth Osh, dechreuais feddwl beth 'swn

47

i'n ei wneud pe na bai'n dod i'r Clwb byth eto. Osh oedd yr unig reswm ro'n i'n dal i fynd yno – doedd dim lot o bwynt fel arall. 'Wy'n gwybod 'mod i'n swnio'n pathetig, yn ferchetaidd ac yn wan, ond 'sdim ots 'da fi. Osh oedd fy ffrind gorau. Ro'n i'n teimlo'n hollol ar goll hebddo. A waeth i ni fod yn onest ddim, do'n i ddim cweit yn ffitio i mewn yn y Clwb bellach. Ro'n i fel cawr mawr o 'nghymharu â phob un plentyn arall yno. Diawch, ro'n i bron mor dal â Mrs Thomas ac roedd hyd yn oed honno'n fy nhrin yn fwy fel cynorthwydd nag un o blant y clwb erbyn hyn.

Ochneidiais, gan godi oddi ar y gwely a mynd i sefyll wrth y ffenest er mwyn syllu ar fy nghasgliad o stormydd eira gwydr. Rwy'n dwlu arnynt. Mae rhai pobl yn hoffi cwtsio teganau meddal neu flanced pan fyddant yn teimlo'n anhapus, ond mae'n well 'da fi deimlo'r gwydr llyfn, oer yng nghledr fy llaw. Dwi wrth fy modd yn siglo'r darnau o eira mân dros y lle i gyd nes iddynt setlo, ac yna rhoi siglad arall iddynt eto. Mae hynny'n fy nghysuro rywsut. Roedd gen i bymtheg ohonynt i gyd; anrhegion oedd y mwyafrif ohonynt oddi wrth berthnasau yn yr

Unol Daleithau, a safent mewn rhes ar y silff. Yr un o'r *Statue of Liberty* oedd fy ffefryn ac am honno yr estynnais yn awr.

'Beth wna i, *Lib*?' gofynnais yn uchel wrth i'r eira chwyrlïo o gwmpas ei braich a oedd yn ymestyn i'r awyr.

'Sorta fe mas, ferch; mae'r holl hiraethu 'ma'n gwneud i fi ishe hwdu,' meddai hi wrtha i'n ddigon siarp.

'Iawn 'te,' atebais innau, 'mi wna i.'

Pennod 11

Dyma beth wnes i. Hanes gyda Mr Rees yw fy ngwers olaf ar ddydd Llun, ond yn lle anelu am ystafell 16, es i i guddio yn nhŷ bach y merched. Pan dawelodd y coridor, dechreuais i gerdded tua'r brif fynedfa. Wrth gwrs, pwy welais i'n cerdded yn syth amdana i ond neb llai na Mrs Jones! Yn gwbl reddfol, rhois fy llaw dros fy ngheg gan ddiawlio fy hun am gael fy nal yn *mitcho* mor glou. 'Helô, Jes. Beth wyt ti'n 'i wneud?' holodd Mrs Jones yn syth.

Ro'n i mor nerfus fel yr oeddwn i'n bustachu i gael fy ngeiriau mas. ''Wy'n … Mae …'

'Dy ddant di yw'r broblem, ife?' gofynnodd. Fy nant? Wrth gwrs! Do'n i ddim wedi tynnu fy llaw i ffwrdd o 'ngheg ac roedd hi wedi gweld digon o gardiau apwyntiadau deintydd gen i i neidio i'r casgliad anghywir.

Nodiais fy mhen, 'Mae … mae e wedi dod yn rhydd … mae'n teimlo'n ofnadwy.' Diawch, do'n i ddim yn sylweddoli 'mod i'n gystal celwyddgi; edrychodd Mrs Jones arnaf yn llawn pryder.

'Mae'n ddrwg 'da fi. Wyt ti eisiau i fi aros 'da ti?'

Ysgydwais fy mhen, gan gadw fy llaw'n gadarn dros y dant drwg honedig.

'Wel, os wyt ti'n siŵr?'

Nodiais eto a dymunodd hi'n dda i mi cyn diflannu i'r ystafell athrawon.

Gan iddo weithio cystal, defnyddiais yr un esgus yn y dderbynfa. 'O druan â ti,' meddai'r ysgrifenyddes wrth i fi arwyddo f'enw cyn ymadael â'r ysgol. 'Arhosa di draw fan'na nes i dy fam gyrraedd.' Pwyntiodd at sedd o dan y ffenest lle yr eisteddais tan yr eiliad iddi droi'i chefn ac yna bant â fi gan gerdded yn gyflym iawn, iawn trwy'r prif ddrysau nes i fi gyrraedd y pafin. Dyna pryd ddechreuais redeg nerth fy nhraed tuag at Ysgol Pengarth.

Pennod 12

Cyrhaeddais fel yr oedd plant Pengarth yn arllwys drwy gatiau'r ysgol. Er gwaetha holl ferw'r cannoedd o blant wrth iddynt adael yr iard, roedd hi'n hawdd dod o hyd i Osh; fe oedd yr unig un penisel a edrychai'n hollol ddiflas ar ddiwedd diwrnod ysgol.

'Cwyd dy galon, falle wnaiff e ddim digwydd,' meddwn i wrtho, gan gydgerdded ag e.

'Jes!' meddai, gan edrych yn fwy difrifol byth wrth fy ngweld. 'Beth wyt ti'n 'i wneud fan hyn?'

'O'n i eisiau dy weld di. Ydy dy fam wedi dy wahardd rhag mynd i'r Clwb go iawn?'

'Ydy,' atebodd, gan gicio carreg yn ddiamcan ar hyd y pafin, 'ac mae hi wedi gwahardd e-bostio a galwadau ffôn preifat nes i fi ymddiheuro am fod yn haerllug, ond o gofio nad fi fu'n haerllug, sa i'n mynd i ymddiheuro, felly fe all gymryd tipyn o amser.'

'Gan mai stwbwrn yw dy enw canol di 'fyd,

wrth gwrs.'

'Gwell 'na blincin busneslyd,' atebodd, gan gyfeirio, 'wy'n gobeithio, at ei fam ac nid ata i.

'Beth amdanon ni?' gofynnais. 'Ble allwn ni gwrdd?'

Edrychodd o'i gwmpas yn nerfus. 'Ddim yma,' meddai, 'smo nhw'n lico Dianas Bananas rownd fan hyn.'

'Dim problem,' atebais. 'Dere 'nôl i 'nhŷ i. Mae Mam yn y gampfa felly cawn ni lonydd, ac mae'r bws sy'n stopio tu fas i'n tŷ ni'n mynd yn syth i gyfeiriad dy dŷ di. Byddi di gartre sbel cyn i dy fam ddod 'nôl.' Ro'n i wedi meddwl am bopeth.

Rhwbiodd ei ben. 'Sa i'n gwybod …'

'Dere, Osh! Plîs. 'Wy 'di colli gwers er dy fwyn di!'

'Dofe?'

'Do!'

Gwnaeth hynny dipyn o argraff arno. 'Cei di'r gansen neu dy ddienyddio, neu rywbeth arall, siŵr o fod.'

'O leia.'

Dechreuon ni gerdded yn araf tuag at allanfa'r

maes parcio. Syllodd merch – rwy'n credu mai Sarah, chwaer ganol Sami Williams, oedd hi – am amser hir arna i wrth iddi basio. 'Mae'n siŵr y gallen i ddod 'nôl am damed bach,' dechreuodd Osh.

'Grêt!' meddwn, ar ben fy nigon. Er mai dim ond am ychydig o ddyddiau ro'n ni wedi bod ar wahân, ro'n i wedi gweld ei eisiau gymaint.

'… ond bydd rhaid i fi fynd adre ar amser, neu fel arall 'wy'n ddyn marw,' ychwanegodd.

'Dim problem – rwy'n addo peidio â bod yn chwit-chwat chwaith!' meddwn.

'Beth amdanat ti? Smo ti fod i fynd i'r Clwb 'Rôl Ysgol 'te?'

'Ydw, ond tecstia i Mam i ddweud 'mod i gartre'n barod a ffonia i Mrs Thomas gyda rhyw gelwydd neu'i gilydd.'

''Swn i'n dwlu cael ffôn symudol' mwmialodd Osh.

Roedden ni gartre erbyn chwarter wedi pedwar, felly roedd rhyw awr fach gyda ni i'n hunain. Roedd Osh am fynd mewn drwy ddrws y cefn, rhag ofn i rywun ein gweld, gan fod Cwrt yr

Hendre i'w weld yn glir o'r ffordd. Sôn am *paranoid*! Cymerodd hi hydoedd i fi ddatgloi drws y cefn – anaml y bydda i'n defnyddio'r allwedd 'na ac roedd rhaid i fi droi'r hen beth ym mhob ffordd bosib cyn i'r drws agor. Gwnaeth hynny ddim i leddfu nerfau Osh. Ond unwaith i ni gamu i'r gegin, ymlaciodd rhywfaint, yn enwedig pan wnes i ddechrau sôn am fwyd. 'Helpa dy hun i'r bisgedi,' dywedais wrtho.

'Ta,' sibrydodd, gan wenu a chymryd y jar gyfan a'i rhoi dan ei fraich.

'Croeso,' sibrydais yn ôl, cyn gofyn pam ei fod yn dal i sibrwd.

''Wy jest yn teimlo y dylwn i,' sibrydodd eto.

''Wy'n deall!' atebais. 'Beth am fynd i'm stafell wely i. Fydd y ffôn ddim yn torri ar ein traws ni yno.'

Arweiniais y ffordd lan lofft, gan fynd ar flaenau 'nhraed fel jôc, ond y gwir oedd fy mod i ar bigau'r drain lawn cymaint ag yntau. Er 'mod i gartre, teimlai braidd yn od i fod yma pan nad o'n i i fod ar gyfyl y lle. Fe wnes i ymlacio rhywfaint mwy, unwaith i ni gyrraedd f'ystafell wely.

Neidiais ar fy nghadair droelli ac eisteddodd

Osh ar y llawr, gyda'i gefn yn erbyn ffrâm Edwardaidd y gwely, a dechreuodd ddisgrifio sut y bu i'w fam golli'r plot yn llwyr pan welodd hi ni'n dau gyda'n gilydd yn y sied. 'Ond pam? Wnest ti ddweud wrthi mai dim ond cusanu o'n ni?' gofynnais.

'Dim ond? Mae hynny'n fwy na digon i haeddu'r gosb eithaf yn ei byd bach hi.' Doedd e ddim yn sibrwd bellach ond roedd ei lais yn dawel ac yn isel. Rhaid bod ei fam wedi rhoi stŵr ofnadwy iddo. Od, ontyfe, y gwahaniaeth rhwng ymateb ei fam e a'n fam i i'r busnes cusanu 'ma? Gyda llaw, roedd hi wedi ffonio Mam-gu yn Topeka'r noson honno – dychmygwch y peth!

'Roedd dy fam yn gas iawn ar y ffôn,' dywedais.

''Wy'n gwybod. Glywes i hi. Ro'n i'n sefyll rhyw fetr i ffwrdd yn trio cymryd y ffôn oddi arni.'

'Ond beth yw ei phroblem hi? Odd hi wastad yn iawn 'da fi o'r blaen.'

'Ei phroblem hi yw ei bod hi'n meddwl dy fod

ti tua un deg chwech mlwydd oed a 'mod i tua dwy flwydd oed.'

'Elli di ddim jest ymddiheuro iddi? Sa i eisiau mynd i'r Clwb 'Rôl Ysgol os na fyddi di 'na,' dywedais wrtho.

Suddodd llaw Osh i waelod y jar i bysgota am fisgïen arall. 'Wedes i wrthot ti! Na! Pam ddylwn i? Sa i'n mynd i ymddiheuro am rywbeth wy heb wneud. 'Sdim ots 'da fi am ba mor hir fydd hi'n gwneud i fi aros gartre.'

O'n i'n gwybod ei fod yn meddwl pob un gair; mae e mor stwbwrn ag asyn. Bues i'n troi rownd a rownd yn fy nghadair am sbel wrth geisio meddwl am syniad. 'Gallen ni ddod 'nôl 'ma; ddim bob dydd, 'mond cwpwl o weithiau. Neu allen ni gwrdd yn y dre a threulio amser yn y ganolfan siopa,' awgrymais.

'Sa i'n gwybod. Ydy e werth y risg?'

'Hmm! Pwy sydd ofn ei fami e nawr 'te, *tough guy.*'

Gwgodd arna i. 'Mae'n iawn i ti! Mae dy rieni di'n fodern ac yn poeni dim. Mae Mam fel potel o bop sy'n barod i ffrwydro am y peth lleiaf y dyddiau 'ma. Ac ers iddo ddechrau'i swydd newydd, dyw Dad byth o gwmpas i gadw'n ochr i. Doedd dim amser 'da fe i 'ngwylio i'n chwarae rygbi ddoe hyd yn oed, achos roedd rhaid iddo fe ddal awyren i ryw gynhadledd neu'i gilydd. Ar ddydd Sul!'

'Ie, 'sdim ishe i ti esbonio hynny wrtha i,' meddwn i, sydd wedi hen arfer â chael tad sy'n gaeth i'w waith.

'Ie, wel, y cyfan a wn i yw os ca i fy nal yn siarad 'da ti bydd hi ar ben arna i – unwaith ac am byth.'

'Well i ti fynd nawr 'te,' meddwn i'n ddiflas, ''sdim lot o bwynt i ti aros fan hyn.'

'Mi allen ni gael ein cusan Hollywoodaidd olaf cyn i fi fynd, falle,' awgrymodd Osh, gan wthio'i sbectol yn uwch i fyny ar hyd ei drwyn.

'Mae'n siŵr na fyddai un fach yn gwneud dim drwg,' cytunais, gan wyro tuag ato a brwsio briwsion bisgïen o'i wefus ucha. 'Twyma dy *chops*, gw'boi.'

'Os oes rhaid i fi,' meddai e gan gau ei lygaid. A dyna pryd clywais i'r sŵn gwichian.

'Beth oedd hwnna?' sibrydais yn wyllt.

'Beth?'

'Y sŵn 'na. Glywais i rywbeth.'

'Chlywais i ddim byd; ro'n i'n brysur yn paratoi.'

Edrychais yn glou ar y cloc. Roedd hi'n hanner awr wedi pedwar; fyddai Mam ddim 'nôl nawr, does bosib.

'Clywais i sŵn wichian.'

''Mond rhyw leidr, siŵr o fod,' meddai Osh fel jôc.

Ond yn anffodus, roedd e'n llygad ei le.

Pennod 13

Do'n i ddim wedi cau drws f'ystafell wely'n dynn, felly roedd hi'n hawdd sbecian drwy'r bwlch. Allwn i ddim gweld dim i ddechrau; roedd hi'n dechrau tywyllu, a hen le tywyll oedd y landin ar y gorau. Agorais y drws ymhellach a gwrandewais unwaith eto. Clywais wich arall yn dod o gyfeiriad y grisiau, yna llais dyn yn sibrwd rhywbeth, a dilynwyd hyn gan ragor o wichian. Rhaid bod dau ohonynt!

Neidiais yn ôl i mewn i'r ystafell, gan sefyll yn stiff fel styllen tu ôl i ddrws f'ystafell wely tra curai 'nghalon yn boenus o galed. Roedd un olwg yn unig ar fy wyneb yn ddigon i Osh sylweddoli bod rhywbeth yn bod. Gan bwyntio at fy ffôn symudol ar y bwrdd bach, gorchmynnais, 'Ffonia naw-naw-naw.' Deallodd yn syth a chododd ar unwaith, ond wrth wneud hynny ciciodd y jar bisgedi a'i hyrddio ar draws y llawr pren. 'Llawn cystal ein bod wedi saethu bwled o wn.

60

'Beth oedd hwnna?' meddai llais dieithr.

'Sa i'n gwybod.'

'Wedes i 'mod i 'di clywed rhywbeth yn gynt.'

'Shh!'

Ro'n i'n gwybod eu bod nhw reit tu fas i ddrws f'ystafell wely. Gallwn synhwyro'u presenoldeb fel cysgodion yn cau amdanaf. Plîs paid â gadael iddyn nhw'n gweld ni, plîs paid â gadael iddyn nhw'n gweld ni, dywedais drosodd a throsodd yn fy mhen. Gwthiwyd y drws ar agor yn araf gan fy nghuddio i tu ôl iddo. Stopiais anadlu a gwasgais fy llygaid ar gau'n dynn. Do'n i ddim hyd yn oed yn gwybod ble roedd Osh. Gallwn ond gobeithio ei fod wedi cuddio o'r golwg.

'Neb mewn fan hyn,' dywedodd un ohonynt yn llawn rhyddhad.

'Wel, glywais i rywbeth,' atebodd yr ail lais yn nerfus. Doedd e ddim yn swnio'n hen iawn; yn sicr doedd ei lais ddim wedi torri.

'Well i ni fynd – mae G.K. angen ei fan 'nôl

erbyn pump.'

''Wy'n gwybod, 'wy'n gwybod! W,' meddai'r llais ifancaf, 'mae'r rheina'n grêt. Af i â nhw.'

Clywais sŵn traed trwm wrth iddynt groesi ar draws llawr f'ystafell wely, ond roedd fy llygaid wedi'u cau mor dynn fel na wnes i fentro i edrych beth oedd wedi denu'u sylw.

'Rheina? Smo nhw werth taten, y slej. Dere! Mae peryg y cawn ni'n dal, diolch i ti!' hisiodd y boi arall. Clywais un set o draed yn cerdded yn bwrpasol ar hyd y landin ac yn ei heglu hi i lawr y grisiau, a set arall o draed yn ei ddilyn.

Dwi ddim yn gwybod am faint fues i'n sefyll yno; eiliadau efallai, neu oriau hyd yn oed. Y cyfan a wyddwn oedd nad o'n i erioed wedi bod mor ofnus â hynny o'r blaen. Osh ddaeth i'm llusgo i ffwrdd o'r wal, lle ro'n i wedi glynu fel magned wrth rewgell.

'Maen nhw wedi mynd,' dywedodd, â'i law'n crynu cymaint â f'un i.

'Sut wyt ti'n gwybod?' sibrydais.

'Dywedon nhw fod yn rhaid iddyn nhw gael y fan 'nôl erbyn pump. Mae'n bump nawr.'

'Smo hynny'n golygu dim,' meddwn mewn llais oedd yn swnio'n gryg ac yn wan.

''Wy'n credu'u bod nhw wedi mynd.'

'Ti ddim yn gwybod 'ny! Ddylen ni ddim symud nes i'r heddlu gyrraedd. T-ti wedi'u ffonio nhw, ondofe?'

Ysgydwodd Osh ei ben, câi drafferth i siarad yn glir, 'Ch-ches i ddim cyfle; ar ôl i fi gicio'r jar fe ddiflannais i'n syth dan y gwely.'

Cnoais fy ngwefus, ro'n i wedi dychryn i'r byw nad oedd help ar y ffordd.

'Ffonia … ffonia nhw nawr 'te.'

Cerddodd Osh draw at y bwrdd bach, cododd gaead fy ffôn symudol ac yna oedodd cyn estyn y ffôn i fi. 'Bydde'n well i ti ffonio; ti sy'n byw 'ma,' meddai.

O'n i'n gwybod na allen i siarad yn glir ac yn gall.

'Alla i ddim,' meddwn yn gryndod i gyd.

'Ffonia dy fam 'te,' awgrymodd e.

Roedd rhif Mam ar *speed dial* – allen i lwyddo i wneud cymaint â hynny. 'Mond gobeithio nad oedd hi'n dal i fod yn y gampfa a bod ei ffôn hi wedi'i ddiffodd, ond na, atebodd hi ar unwaith.

'Heia cariad, beth sy?' gofynnodd yn hamddenol.

Cafodd ffit biws pan esboniais wrthi. 'Mawredd mawr!' meddai hi. 'Wyt ti'n siŵr eu bod nhw wedi mynd?'

''Wy'n meddwl 'mod i. Sa *i'n* hollol sicr ond ...'

'Uffach!' sgrechiodd eto. 'Ffonia i'r heddlu. Bydda i gartre mewn pum munud, Jes. Pum munud! 'Wy yn y bar. Paid â diffodd y ffôn, 'wy'n mynd i ddal 'mlân i siarad â ti ...' Dechreuodd weiddi ar y boi tu ôl i'r bar i ffonio'r heddlu, dywedodd ein cyfeiriad wrtho'n frysiog cyn sgrechian, 'Dweda wrthyn nhw fod 'na blentyn yn y tŷ! Dweda fod fy merch fach i yn y tŷ ar ei phen ei hun!' Yna daeth ei llais hi 'nôl ar fy ffôn i. 'Jes, Jes, wyt ti'n dal 'na?'

Nodiais fy mhen. 'Sa i'n gallu dy glywed di!' sgrechiodd Mam.

''Wy 'ma, 'wy 'ma,' atebais yn syth.

''Wy'n cerdded allan o'r ganolfan nawr a dwi yn y maes parcio. 'Wy'n cerdded tuag at y car. 'Wy'n agor y car ac yn eistedd ynddo nawr ...'

'Gyrra'n ofalus.'

'Dwi'n rhoi'r ffôn symudol ar *hands-free* nawr ...' aeth yn ei blaen.

''Sdim rhaid dweud pob un manylyn,' sibrydais wrthi; er, a dweud y gwir yn onest, roedd clywed ei llais yn gysur mawr.

'Bydd hi 'ma mewn rhyw bum munud,' sibrydais wrth Osh, gan ddal pum bys i fyny.

Ysgrifennodd e nodyn ar frys i fi. Craffais arno fel gwahadden yn llygad yr haul gan ei bod hi'n ofnadwy o anodd i wrando ar fam mewn hysterics ar ben arall y lein a darllen ar yr un pryd.

Daliodd e'n agosach ata i. 'Paid â dweud 'mod i wedi bod yma,' oedd y geiriau ar y nodyn.

Ysgydwais fy mhen yn ffyrnig. Sut allai e wneud hyn i fi nawr! Roedden ni yng nghanol creisis; byddai hyd yn oed ei fam henffasiwn e'n gallu deall hynny. Yn fy nghlust, clywn Mam yn dweud wrtha i ei bod hi'n troi i'r chwith wrth y goleuadau traffig ar Lôn Llwyn Onn. 'Wy tua tair munud i ffwrdd. Shiffta dy din, y lori ddiawl!'

Sgriblodd Osh nodyn arall i fi ac un gair arno: 'Plîs'.

'Na! Beth os y'n nhw dal lawr 'na?' sibrydais yn wyllt, gan bwyntio at y llawr fel rhyw gnocell y coed wallgof. Stwffiodd Osh y darnau papur i'w boced, gan godi ar ei draed a gadael – jest fel'na. Tasai Mam ddim wedi bod ar ben arall y ffôn, dwi ddim yn gwybod beth 'swn i wedi'i wneud.

Pennod 14

Roedd yr heddlu'n wych. Gofynnon nhw i Mam wneud rhestr o'r holl eitemau a ddygwyd, gan ei rhybuddio ei bod hi'n go debygol y byddai'n rhaid iddi ychwanegu ati dros y dyddiau nesaf gan nad oedd hi bob amser yn amlwg ar y dechrau beth oedd wedi'i ddwyn. Yna fe archwilion nhw bob un fodfedd o'r tŷ – y gerddi, y pwll, y berllan a'r adeiladau allanol. Buon nhw'n chwilio am olion bysedd ym mhobman, yn enwedig yn f'ystafell i, er mai'r unig bethau ar goll yno oedd dwy o'm stormydd eira i: yr un o'r *Statue of Liberty* a'r *Empire State Building*. Ie, dyna beth ddaliodd sylw'r pwrsyn â'r llais bach gwichlyd – fy stormydd eira. Pam? Tasai'r diawl twp wedi edrych ryw dri deg centimetr yn is i lawr, mi allai fod wedi cael fy ngliniadur newydd sbon danlli a'r ffôn symudol.

Wnes i dorri 'nghalon pan welais i'r bwlch ar sil y ffenest lle yr oedd *Liberty*

67

yn arfer bod. Bues i'n crio tipyn. Mae'n siŵr bod y crio wedi helpu i guddio'r holl oedi bob dwy eiliad, wrth i mi geisio rhoi adroddiad a oedd yn cuddio'r ffaith fod Osh wedi bod yno gyda fi. 'O'n, ro'n i ar fy mhen fy hun,' meddwn yn ddagreuol, 'roedd fy nant yn teimlo'n sigledig … ro'n i'n meddwl bod y *veneer* yn dod yn rhydd a dwi'n sensitif iawn yn ei gylch, felly gadewais yr ysgol yn gynnar …'

O leia medrwn gadw'r rhan honno o'r stori'n gyson.

'Ond elli di ddim disgrifio'r dynion?' holodd WPC Patel.

'Na; roedd gormod o ofn arna i i edrych. Y cyfan alla i gofio yw fod llais un ohonynt yn swnio'n eitha ifanc, 'na i gyd.'

Gwasgodd Mam fy llaw'n dynn.

'Wel, mae pob dim yn help,' gwenodd y plismon yn garedig ond ro'n i'n teimlo'n dda i ddim. 'Nawr 'te,' meddai hi, gan edrych drwy'i llyfr nodiadau eto a throi at Mam, 'soniwch wrtha i eto am y boi 'ma o gwmni Camera G.K.? Dwi am gael y manylion yn gywir.'

Dechreuodd Mam ddisgrifio'r dyn bach moel

68

'na; mi ddaeth hi i'r casgliad yn syth mai fe oedd wrth wraidd hyn i gyd, a dywedodd hynny wrth yr heddlu hefyd. Ro'n i'n gwybod yn iawn nad fe oedd un o'r dynion yn y tŷ, ond mi allai fod yn aros amdanynt yn y fan. Roedd yr holl beth yn gwneud synnwyr perffaith erbyn meddwl. Diawch! Rhaid ei fod e'n meddwl ei bod hi'n Nadolig arno pan agorais i'r drws iddo'r wythnos diwethaf. 'Peidiwch â dod ar ddydd Llun achos mae Mam yn y gampfa bryd hynny ...'

Fi a 'ngheg fawr! Llawn cystal 'mod i wedi rhoi'r allwedd iddo a dweud, 'Helpwch eich hun, ewch â beth bynnag 'dych chi eisiau. Mae'r *antiques* ar y chwith ... a'r offer technolegol diweddaraf ar y dde.' Dyna pam y ces i shwd drafferth i ddatgloi'r drws yn gynharach hefyd. Roedd e eisoes ar agor. Jes y dwpsen!

'Ac rydych chi'n bendant fod un o'r dynion wedi dweud, "Rhaid i ni gael y fan yn ôl yn G.K. erbyn pump?"' Darllenodd y blismones fy ngeiriau'n ôl i mi.

'Ydw, yn gwbl bendant,' atebais.

'O'n i'n gwybod!' melltithiodd Mam. 'Dylwn i fod wedi dilyn fy ngreddf a'i fwrw dros ei ben

69

gyda'r blincin llun ffug 'na.'

'Sydd ddim yn eich meddiant bellach?' holodd WPC Patel.

'Nag yw, cafodd e i daflu mas 'da'r sbwriel.'

'Mi wnewch chi ei ddal e, yn gwnewch?' gofynnais ar bigau'r drain. 'Chi'n mynd i'w roi e dan glo, ond 'ych chi?'

Edrychodd y blismones arna i â'i llygaid brown, call. 'Mae ymholiadau eisoes ar y gweill,' meddai hi ac roedd hi'n dda clywed hynny.

'Da iawn,' meddwn i, 'gobeitho y caiff e ei anfon i'r carchar am filiwn o flynyddoedd.'

Cyrhaeddodd Dad gartref am tua deg o'r gloch. Roedd Mam wedi'i ffonio'n syth a gadawodd bopeth er mwyn dal y trên cyntaf 'nôl. Rhedais ato a gafael yn dynn, dynn amdano. ''Wy'n gwybod bod hyn yn mynd i swnio 'bach yn secsist ac na ddylwn i ei ddweud e, ond roedd ei gael e gartre'n gwneud i fi deimlo'n fwy saff na tasawn i a Mam yma ar ein pennau ein hunain. Er 'mod i'n caru Mam a phopeth, ac roedd hi wedi bod o gymorth mawr i fi dros y ffôn, Jac yw … wel, fe yw Dad. 'Nid beth maen nhw wedi'i gymryd sy'n fy mhoeni,' dywedodd Mam dros f'ysgwydd, 'ond beth allai fod wedi digwydd i Jes.'

'Paid â dweud mwy,' dywedodd Jac â'i wyneb yn wyn fel y galchen. ''Wy 'di cysylltu â chwmni diogelwch da yn Llundain yn barod. Nhw yw'r cwmni gore ac maen nhw wedi gweithio ar lot o lefydd mawr. Bydd hi fel *Fort Knox* 'ma erbyn y penwythnos.'

'Dyna'n union beth ro'n ni am ei osgoi,' meddai Mam yn drist, ''na pam ddewison ni fyw yma yn y lle cyntaf yn lle Efrog Newydd neu Lundain.'

'Dyma beth yw bywyd go iawn ble bynnag wyt ti'n byw, Kierst. Mae'r byd 'ma'n llawn o bobl ddrwg sy'n well 'da nhw ddwyn eiddo rhywun arall na gweithio amdano eu hunain. Ti'n cytuno, yn dwyt ti, Jes?'

Amneidiais fy mhen. 'Ydw,' meddwn yn ddagreuol, 'mae'r byd yn llawn o bobl ddrwg.'

Pennod 15

Gredwch chi byth, ond wnaeth neb ofyn dim i fi ynghylch colli'r wers olaf y diwrnod cynt. Holodd Mrs Jones am fy nant yn ystod amser cofrestru ac atebais i, 'Popeth yn iawn nawr, diolch,' a dangosais i'r nodyn a ysgrifennodd Mam iddi yn fy nyddiadur gwaith cartref. A dyna ni. Mae *mitcho* o Ysgol y Foneddiges Diana yn fusnes rhwydd, mae'n amlwg. Dyna eironig, ontyfe? 'Swn i 'di cael fy nal, falle fydde dim o hyn wedi digwydd ddoe.

Ro'n i mor brysur yn ystod y gwersi fel y llwyddais i anghofio am bopeth arall, ond cyn gynted ag y gorffennodd yr ysgol, wnes i tecstio Kiersten i weld a oedd unrhyw newyddion gan yr heddlu. Pan glywais yr ateb, bu bron i fi ollwng fy ffôn ar lawr. 'Sori, cariad. Nid y dyn moel oedd e.'

Croesais y ffordd ac eistedd yn glewt ar risiau'r oriel gelf i'w ffonio hi 'nôl yn syth.

'Mam, beth wyt ti'n 'i feddwl?' gofynnais â'm llais yn gryg am fy mod ar fin beichio crio.

''Weda'i wrthot ti pan fyddi di gartre, Jes.'

'Dwed nawr!'

Sylwais iddi oedi. 'Aeth yr heddlu drwy gwmni Camera G.K. â chrib fân. Roedd gan bob un ohonynt alibi dilys ar gyfer ddoe, gan gynnwys y boi moel. Ac nid person yw G.K. – mae'n golygu Grand Kanyon, felly nid lladron ydyn nhw, jest pobl sy ddim yn gallu sillafu.'

Eisteddais yn benisel ar y grisiau fel blodyn llipa. Teimlwn fod popeth yn fy llethu, hyd yn oed awel oer mis Mawrth a lapiai 'i hun fel sgarff amdanaf. 'Jes? Jes? Wyt ti'n dal 'na? Ti'n moyn i fi ddod i dy nôl di?' gofynnodd Kiersten.

'Beth? Na. Af i i SGAM. Wela i di'r un amser ag arfer,' meddwn i gan ddiffodd y ffôn. Gartref oedd y lle diwethaf ro'n i am fod y funud hon.

Roedd y sesiwn yn ei anterth erbyn i fi gyrraedd. Gallwn glywed y sŵn drwy wal denau'r ystafell gotiau. Am ryw reswm dechreuais deimlo ar bigau'r drain i gyd; roedd y sŵn yn dân ar fy nghroen. Byddai Sami'n aml yn aros i mi gyrraedd, a'r eiliad welodd hi fi yn y cyntedd, carlamodd drwy'r drws a neidio ar ben mainc yr ystafell gotiau gan wenu arna i. 'Heia, Jes.'

Tynnais fy mlaser a llaciais fy nhei. 'Heia.'

'Gen i newyddion da i ti!'

'Oes e? Beth?'

'Mae Osh 'nôl.'

'Beth?' meddwn, gan droi i'w hwynebu.

'Mae Osh 'nôl; o'n i'n meddwl yr hoffet ti wybod,' gwenodd.

Ceisiais edrych yn ddidaro. 'O, grêt,' meddwn i, ond do'n i ddim yn gwybod sut ro'n i'n teimlo. ''Wy'n gwybod y dylwn i fod yn falch. Roedd y ffaith ei fod yma'n golygu iddo lyncu'i falchder ac ymddiheuro i'w fam ar fy rhan. Ond ... roedd fy mhen ar chwâl i gyd. Tasai'r lladron wedi cael eu harestio, 'wy'n gwybod y baswn i wedi mynd at Osh i ddweud y newyddion wrtho. Gallen ni fod wedi rhannu straeon am yr hyn a ddigwyddodd a'i droi'n antur fawr. Ond ddim nawr.

Wrth i fi chwilota drwy 'mag, allwn i yn fy myw gael gwared ar y llun yn fy mhen o Osh – fy ffrind gorau, fy sboner ers dros flwyddyn, y person agosaf ata i yn y byd i gyd – yn gwthio rhyw neges dwp o dan fy nhrwyn. 'Paid â dweud wrth neb.' Pathetig! 'Swn i byth wedi gwneud y fath beth taswn i'n ei sgidiau e, waeth beth fyddai'r canlyniadau. Byth bythoedd.

Roedd e wedi fy siomi i'n ofnadwy.

Cymerais i hydoedd i drefnu 'mhethau. Wnes i ddim hyd yn oed sylwi 'mod i'n pwno ac yn pwno y pecyn creision na wnes i eu bwyta amser cinio tan i Sami sôn am hynny. 'Wna i eu bwyta nhw os nad wyt ti'n moyn nhw.'

Rhois y pecyn fflat iddi. 'Wyt ti mewn hwyl ddrwg am rywbeth?' holodd.

'Ydw,' atebais i, 'mi allet ti ddweud hynny.'

Pennod 16

Roedd Osh yn y gornel astudio yn clebran a chwerthin gyda Llion a Sam yn ôl ei arfer, fel tasai dim byd o gwbl yn ei boeni. Edrychodd draw yr eiliad y camais i'r ystafell, a chododd ei law. Cerddais i'n syth ato ond wnes i ddim eistedd. 'Ti'n dal i fod ar dir y byw 'te?' meddwn i'n bigog.

Gwenodd y lleill gan feddwl 'mod i'n cyfeirio at y ffaith ei fod wedi bod yn absennol ers rhai dyddiau.

'Mae'n dda dy weld di hefyd!' atebodd, gan geisio gwneud jôc o'r peth. Gallwn weld o'r olwg yn ei lygaid ei fod wedi'i frifo, ond beth arall oedd e'n ei ddisgwyl? Mi allai e fod wedi bod yn nofio 'da'r pysgod ar waelod y môr ers neithiwr hyd y gwyddwn i.

Troais i ffwrdd yn swta gan fynd i eistedd mor bell â phosib oddi wrtho. Golygai hynny fy mod yn ymuno â grŵp celf Mrs Heneghan.

'Wel helô, Jes,' meddai Mrs Heneghan yn llawn syndod wrth i fi estyn am gadair, 'braf cael dy gwmni.'

'Diolch,' mwmialais. Dydw i ddim yn un o'i chwsmeriaid cyson – gall syniadau Mrs Heneghan fod braidd yn *naff*, a dweud y gwir.

'Helpa dy hun i focs. 'Dyn ni'n cynllunio cloriau llyfrau anferthol ar gyfer ein harddangosfa i gyd-fynd â'r cwis llyfrau.' Gwenodd. Chi'n deall fy mhwynt i nawr am y busnes *naff*?

'*Penri Dim Pants* yw enw'n llyfr i,' meddai Cai, gan sgriblo rhywbeth ar ei bapur mewn creon mawr trwchus.

'Ym … grêt,' meddwn i.

'Cei di gopïo fi os ti'n moyn. 'Sdim ots 'da fi,' meddai e wrtha i'n llawn haelioni, chwarae teg iddo.

Toddodd hynny fy nghalon. Dim ond chwech oed oedd Cai ac roedd e wedi gorfod wynebu sawl profiad anodd; allen i byth â bod yn gas wrtho. 'Diolch, boi,' dywedais wrtho gan estyn am focs Frosties. Wel, pam lai? Sgriblo rwtsh ar bapur plaen a'i ludo ar focs Frosties oedd yr union beth i ferch oedd newydd gwpla 'da'i sboner.

Pennod 17

Bu'r ychydig ddyddiau wedi hynny yn rhai hunllefus. Allwn i ddim diodde'r ffaith y gallai gymryd tipyn o amser i ddal y dynion a dorrodd i mewn i'r tŷ; roedd meddwl na fyddai'r heddlu yn eu dal nhw o gwbl efallai'n waeth byth. Yn fy mhen i, golygai hynny y gallai'r ddau bicio i mewn i Gwrt yr Hendre unrhyw bryd y dymunent, ac ni allai unrhyw beth a ddywedai naill ai Kiersten, Jac neu WPC Patel newid fy meddwl.

Do'n i ddim yn gallu cysgu ryw lawer, felly doedd dim llawer o egni 'da fi chwaith; ro'n i fel clwtyn llestri y rhan fwyaf o'r amser. Gallwn ymdopi â'r ysgol achos doedd neb yno'n gwybod beth oedd wedi digwydd, felly gallwn fynd o gwmpas fy mhethau fwy neu lai fel arfer. Os rhywbeth, fe weithiais i'n galetach er mwyn osgoi meddwl am bethau eraill. Roedd fy ffrindiau'n tynnu fy nghoes gan honni 'mod i'n dechrau paratoi'n gynnar ar gyfer cipio tlws yr ymdrech orau a roddir i'r disgybl disgleiriaf ar ddiwedd blwyddyn un ar ddeg. Ond po fwyaf caled y gweithiwn yn yr ysgol, mwyaf y blinder a deimlwn ar ddiwedd y dydd, ac roedd mynychu'r Clwb 'Rôl Ysgol yn dipyn mwy o straen, yn enwedig oherwydd y busnes 'da Osh.

Roedd e wedi trio siarad â fi ychydig o weithiau, ond ro'n i'n ei anwybyddu'n llwyr os deuai'n agos ata i. Yna fe geisiodd ddefnyddio'r plant iau, fel Llion a Sami, i gario negeseuon, ond doedd dim diddordeb 'da fi. Wnaeth e hyd yn oed anfon Cadi draw ychydig o weithiau â negeseuon wedi'u plygu'n dwt. Byddai hithau'n eu rhoi i mi'n llawn ffŷs, ond yn syth i'r bin y bydden nhw i gyd yn mynd.

'Smo hwnna'n neis!' meddai hi'n grac y tro diwethaf i hynny ddigwydd.

'Cer i chwarae 'da'r traffig, Cadi,' arthiais i'n ôl.

Ond bod gartref oedd y peth anoddaf i fi o lawer. Yr eiliad y byddai'r car yn troi i mewn i'r lôn, 'swn i'n cofio pob un manylyn am y pnawn dydd Llun hwnnw, o'r adeg pan y ces i ac Osh drafferth i agor y drws cefn hyd at Mam yn cyrraedd gartref ac yn cydio'n dynn amdanaf. Ro'n i'n gallu ymdopi'n weddol fach yn y gegin a lawr llawr yn gyffredinol, ond pan ddeuai'n amser mynd i'r gwely 'swn i'n swp sâl. Allen i ddim hyd yn oed wynebu mynd i mewn i'r ystafell wely, yn lle hynny baswn i'n cysgu yn ystafell Kiersten a Jac, gan deimlo'n rêl hen fabi, ond allen i wneud dim yn ei gylch.

Ar y dechrau, byddai Dad yn trin y peth yn ysgafn gan gwyno'i fod yn rhy hen i orfod cysgu ar lawr, a byddai'n crefu arnaf i ddangos tosturi tuag at ei 'gefn drwg' e. Pan nad oedd hynny'n tycio fe newidiai dactegau gan ddweud na ddylwn i adael i'r lladron 'ennill' fel hyn. Ond ro'n i'n gwrthod yn lân â dychwelyd i'r ystafell. Do'n i ddim eisiau cysgu na rhoi blaen fy nhroed yn yr ystafell hunllefus 'na byth eto. Bu'n rhaid i mi gyfaddawdu yn y diwedd a symudwyd fy holl stwff i'r ystafell wely sbâr, ond dim ond wedi i mi siarad ar y ffôn gyda WPC Patel yn bersonol ac iddi hi fy sicrhau nad oedd y lladron wedi bod yno o gwbl y bodlonais ar hynny.

Trefnodd Mam ac Olwen bopeth tra o'n i yn yr ysgol gan symud fy holl ddillad, dillad y gwely a'n llyfrau o'r hen ystafell i'r un newydd. Ond dywedais yn glir wrth Mam i beidio â symud dim un o'r stormydd eira. Do'n i ddim eisiau'r rheini rhagor. Pwy a ŵyr faint ohonynt oedd yr hen lais gwichlyd 'na wedi'u cyffwrdd cyn dwyn *Liberty*? Lapiodd Olwen nhw mewn papur newydd a mynd â'r cyfan i siop elusen. 'Roedd Olwen yn torri'i chalon,' meddai Mam wrtha i, 'ac yn teimlo'n drist ofnadwy bod merch ifanc yn gorfod taflu'i hoff bethau yn y byd diolch i'r twpsod dwl yna.'

Oedd, roedd hi'n dweud calon y gwir.

Ddydd Sadwrn, pan awgrymodd Dad falle y byddai e'n mynd 'nôl i Lundain y dydd Llun canlynol, wnes i golli pob rheolaeth a chrio a chrefu arno nes iddo addo na fyddai'n mynd nes bod pob system ddiogelwch yn ei lle. Cytunwyd ar hyn ond sylwais ei fod e a Kiersten wedi edrych yn bryderus ar ei gilydd – rhywbeth a oedd yn digwydd yn aml y dyddiau 'ma.

Roedd yn gas 'da fi deimlo fel hyn; synnais fy hun 'mod i'n ymateb fel shwd fabi. Wedi'r cyfan, doedd y lladron ddim wedi dwyn cymaint â hynny nac wedi difrodi'r lle na gwneud unrhyw niwed i mi'n gorfforol, ond waeth pa mor aml yr atgoffwn fy hun o hynny, ro'n i'n dal i deimlo'n ofnus ac ansicr. Gwyddwn 'swn i fel hyn nes iddynt ddal y lladron; dim ond pryd hynny 'swn i'n gallu teimlo fel yr hen Jes Turner unwaith eto.

Pennod 18

Y dydd Llun canlynol yn y Clwb 'Rôl Ysgol, ro'n i wrthi'n brysur yn trio gwneud llyfrnodyn wrth y bwrdd crefftau pan ofynnodd Mrs Thomas i dîm y Cwis Llyfrau fynd draw i'r gornel ddarllen. Chlywais i mo'r cyhoeddiad i ddechrau; ro'n i'n hanner cysgu a dim ond pan ddaeth Beca a'm hysgwyd yn ysgafn a dweud bod pawb yn aros amdana i wnes i symud hyd yn oed. Gan ddylyfu gên yn flinedig, wnes i roi'r secwins a'r glityr i'r naill ochr a cherdded draw'n araf at y lleill. Eisteddais yn swrth wrth ymyl Beca ar y soffa biws gan wynebu Llion a Sam a oedd ar y *bean-bags* gyferbyn, a cheisiais dalu sylw pan ddechreuodd Mrs Thomas siarad. 'Iawn 'te. Mae'r rownd nesaf ddydd Iau a byddwn yn mynd i Glwb 'Rôl Ysgol Betws ar ei chyfer. Gobeithio y bydd hon wedi'i threfnu'n well y tro 'ma, ontyfe? Bydd angen llofnodion eich rhieni ar y ffuflenni caniatâd hyn er mwyn i chi gael teithio yn fy nghar i ...'

Dosbarthodd y ffurflenni ac wrth i fi gymryd f'un i, dechreuodd fy stumog wasgu'i hun yn gwlwm tyn. Do'n i ddim wedi meddwl y byddai'n rhaid teithio i rywle arall i gystadlu ac roedd y syniad wedi fy anesmwytho i gyd. Roedd hi'n un cawdel mawr gartref nawr; cyrhaeddodd y dynion diogelwch neithiwr ac ro'n nhw eisoes wrthi'n morthwylio ac yn gwneud sŵn pan adewais i bore 'ma. Do'n i ddim eisiau i ddim byd fod yn wahanol yma yn y Clwb; ro'n i eisiau llonydd a pheidio â gorfod symud o'ma.

'"Barddoniaeth i Bawb o Bobl y Byd" yw teitl yr ail rownd,' aeth Mrs Thomas yn ei blaen. 'Rydych chi i gyd wedi cael y pedair cerdd, on'd do? Felly mae angen i fi gael gwybod pwy fydd yn gwneud beth.'

'Sa i di cael y cerddi,' meddwn i.

'Do, ti wedi,' atebodd Sam. 'Dwedaist ti dy fod ti'n fodlon gwneud unrhyw un, felly dyma ni'n rhoi "Jim" i ti.'

Roedd hynny'n newyddion i fi. '"Jim"?'

Nodiodd Sam ei ben. '"Y fi 'di Jim sy ofn pob dim, y corwynt chwim a'r chwîd." Twm Morys yw'r bardd. Mae'n gerdd grêt.'

'Sa i'n cofio,' meddwn i.

'Fe adewais i hi wrth dy ochr di'r diwrnod o'r blaen,' dywedodd Beca, 'o'n i'n amau na wnest ti 'nghlywed i.'

'Pam na ddwedest ti rywbeth 'te'r dwpsen?' meddwn i'n ddiamynedd. 'Sut alla i gystadlu heb fod gen i'r cerddi?'

Syllodd Beca arna i gan gnoi'i gwefus. 'Sori Jes, o'n i'n meddwl i ti ei gweld hi … mae'n siŵr bod Mam wedi'i rhoi hi'n rhywle, af i ofyn iddi.'

'Paid â thrafferthu,' meddwn gan ddod i benderfyniad sydyn, 'sa i'n mynd. 'Wy'n rhoi'r gorau iddi.'

'Jes…' dechreuodd Mrs Thomas ond neidiais ar fy nhraed cyn iddi gael cyfle i 'mherswadio i newid fy meddwl.

'Peidiwch!' gwaeddais arni. 'Peidiwch â hyd yn oed meddwl am y peth! 'Wy 'di cael llond bol o wneud un gymwynas ar ôl y llall i chi! Ffeindiwch forwyn arall a gadewch lonydd i fi!'

Cerddais yn ôl at y bwrdd crefftau gan eu gadael nhw gyda'u cerddi dwl yn syllu'n syfrdan ar fy ôl.

Wnaeth Mrs Thomas ddim siarad gair â fi am

weddill y sesiwn a ddywedodd hi'r un gair am y peth wrth Mam pan ddaeth hi i 'nghasglu i o'r ysgol chwaith, ond fe ffoniodd hi'r tŷ yn hwyrach y noson honno. Bu'n siarad am hydoedd gyda Mam a chlywais Mam yn dweud wrthi am y lladrad a sut ro'n i wedi cael fy 'effeithio' ganddo a chymaint roedd hi'n poeni amdana i. Roedd hynny'n dân ar fy nghroen i. Dwi ddim yn moyn i bawb wybod fy musnes i. Pan ddaeth Mam oddi ar y ffôn es i'n benwan unwaith eto. 'Diolch, Kiersten. Diolch yn fawr iawn! Pam na wnei di ddweud wrth yr holl fyd amdana i? Neu gwell fyth, beth am i ti roi hysbyseb yn y papur newydd er mwyn gadael i'r wlad gyfan wybod bod dy ferch di'n methu cysgu yn ei gwely 'i hun rhagor!' sgrechiais arni.

Edrychodd hi arna i â'i llygaid mawr, trist. ''Swn i'n rhoi'r byd i gyd yn grwn i gael fy Jes fach i'n ôl,' dywedodd yn dawel.

Pennod 19

Doedd hi'n fawr o syndod i bobl gadw draw oddi wrtha i yn y caban ar ôl hynny. Cadwodd pawb eu pellter, gan fy ngadael i gyda'm secwins a 'nhymer. Roedd rhan ohona i'n teimlo cywilydd. 'Ro'n i wedi bod mor gas a haerllug, yn enwedig wrth Mam a Beca a Mrs Thomas ond – ac nid ar chwarae bach rwy'n cyfaddef hyn – roedd rhan ohona i'n mwynhau'r elfen o ryddid a ddeilliai o'r ymddygiad newydd 'ma. Dim rhagor o 'Jes, elli di helpu fi 'da hyn?' 'Jes, wnei di roi help llaw i fi?' Câi'r plant bach eu llusgo o'r ffordd pan fyddwn yn croesi'r ystafell fel mewn golygfa o ffilm gowbois pan ddeuai'r dyn drwg i'r dre. Byddai pobl yn sibrwd yn gyfrinachol ac yn ciledrych yn slei arnaf lle bynnag yr awn. Roedd hyd yn oed ciws yn diflannu pan fyddwn i'n ymuno â nhw – a chawn fy hun yn sefyll ar flaen y rhes gyda'r losin yn y bag yn barod i mi. Y fath bŵer!

Ond er hyn, teimlwn yn euog ddydd Iau pan

alwodd Mrs Thomas ar dîm y cwis llyfrau i baratoi i adael. Beth wnewch chi o hyn – doedd neb wedi gwirfoddoli i gymryd fy lle i, felly dim ond tri ohonynt oedd yn mynd. Roedd Sam wedi gwirfoddoli i adrodd ei gerdd e a 'ngherdd i. 'Bydd e'n rhwydd,' clywais i e'n dweud wrth Beca, 'ces i 'ngeni i wneud hyn.' *Gobeithio i'r mawredd fod hynny'n wir*, meddyliais.

Ro'n i am ddweud pob lwc gyda phawb arall wrth iddynt godi llaw ar y tîm, yn enwedig pan welais i pa mor nerfus yr edrychai Llion wrth iddo syllu drwy ffenest y bws mini, ond feiddiwn i ddim. Ro'n i'n ofni y bydden nhw'n meddwl 'mod i'n ddauwynebog neu'n sarcastig, neu rywbeth. Yna cysurais fy hun wrth feddwl pam ddylwn i fod yn gefnogol? Doedd neb wedi bod yn gefn i fi, o'n nhw, *Osh*?

Cododd lefel y sŵn yn y caban yn syth wedi i Mrs Thomas adael. Doedd hi ddim yn brynhawn arbennig o brysur chwaith; dim ond rhyw ddeg o blant oedd yn bresennol dan oruchwyliaeth Mrs Heneghan a Mr Williams, ond heb bresenoldeb tawel a chadarn y brif oruchwylwraig roedd pawb rhywfaint yn fwy uchel eu cloch. Roedd y sŵn yn dechrau mynd ar fy nerfau'n barod.

'Sdim angen i fi ddweud pwy oedd y mwyaf bywiog, oes e? Roedd Cadi wedi'i weindio fel top, ac yn rhuthro o un pen i'r ystafell i'r llall, gan daflu clustogau a tharo pethau i lawr. Ceisiodd Mrs Heneghan ei chael i'w helpu trwy arllwys diod oren i'r cwpanau plastig ond roedd hynny'n rhy ddiflas i Cadi. 'Sa i'n moyn,' meddai, gan gerdded draw at gawell Bobi Brwnt mewn tymer, a oedd yn agos i'r lle ro'n i'n eistedd, yn meindio fy musnes fy hun ac yn darllen cylchgrawn. Ro'n i 'di gadael y bwrdd crefftau i ddarllen rhagor o lyfrau a chylch-gronau'n ddiweddar am eu bod hi'n haws cuddio tu ôl i'r rheini ac osgoi dal llygad Osh. Doedd dim byd cymysglyd am fy nheimladau tuag ato *fe*.

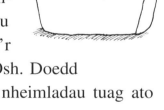

Roedd Cadi wedi tawelu rhywfaint erbyn hyn, ac yn eitha hapus i gynnal sgwrs â'r bochdew am ei hoff a'i gas bethau. 'Beth wedest ti oedd dy hoff liw di 'to?' clywais hi'n gofyn iddo. 'Du yw fy hoff liw i.'

Wel dyna syrpréis, meddyliais. Dilynwyd hyn gan syrpréis bach arall wrth i Cadi roi sgrech fach hapus a gweiddi, ''Drychwch! 'Drychwch! Mae Bobi Brwnt yn mynd ar ei wyliau!' Teimlais rywbeth yn rhedeg ar draws fy nhraed, a chyn pen dim roedd hi fel ffair yno wrth i bawb fynd ar eu pedwar i geisio dod o hyd i'r bochdew anturus.

'Caewch bob drws!' gorchmynnodd Mrs Heneghan.

Mae'n amlwg fod dawn arbennig gan y bochdew i chwarae cuddio achos do'n ni'n dal ddim wedi dod o hyd iddo ar ôl ugain munud o chwilio dyfal. Ro'n i'n dechrau diflasu a 'mhengliniau i'n dechrau brifo, felly penderfynais 'swn i'n rhoi'r gorau i'r chwilio ar ôl i fi fwrw golwg gofalus o dan y soffa biws am y pumed tro. Ro'n i ar fy mhengliniau ac yn chwilio o dan y soffa pan wnes i fwrw fy mhen yn erbyn pen rhywun a ddeuai o'r cyfeiriad arall. Edrychais i fyny a gweld Osh yno, ryw fodfedd i ffwrdd o'm hwyneb i, ac roedd yn gwenu – ie – yn gwenu arna i.

'O, ti sy 'na,' arthiais.

'Cywir.'

Gan aros ar fy mhedwar, symudais i'r dde.
Gwnaeth e'r un peth a'm rhwystro rhag dianc.

'Paid â mynd,' dywedodd, 'ro'n i am ofyn
rhywbeth i ti.'

'Beth?'

'Ydyn nhw wedi dod o hyd iddo eto?'

'Ti'n meddwl 'swn i'n dal lawr fan hyn yn
difetha'n *tights* tasen nhw wedi
dod o hyd iddo?' gofynnais i'n
siarp.

'Nid   y   bochdew,'
dywedodd Osh, gan roi'i
law ar boced ei drowsus,
''wy'n gwybod yn iawn
lle mae e! Rwy'n siarad am y llipryn
lleidr 'na gyda'i dreinyrs pêl-fas dwl.'

'Treinyrs pêl-fas? Pa dreinyrs pêl-fas?'

Edrychodd Osh o'i gwmpas cyn pwyso 'mlaen
mor agos nes bod blaen ei drwyn bron yn cyffwrdd
â'm un i.

'Odd y boi ddaeth i mewn i'r ystafell wely'n
gwisgo treinyrs pêl-fas *naff* gyda phatrymau igam-

ogam gwyrdd a du ar hyd eu hochrau i gyd, mae'r *chavs* i gyd yn eu gwisgo nhw.'

'Beth arall? Beth arall oedd e'n ei wisgo?' gofynnais, gan gydio yng ngarddwrn Osh.

Ysgydwodd ei ben. 'Dim byd arall. Hynny yw, doedd e ddim yn borcyn, ond 'na'r cyfan weles i'r tro hwnnw. O'n i o dan y gwely, cofia.'

Wnes i ollwng fy ngafael ynddo fel tasai e ar dân. 'Ydw, 'wy'n cofio. Ond 'wy'n synnu dy fod ti'n cofio,' meddwn i'n chwerw, 'wrth gwrs, doeddet ti ddim yno go iawn, o't ti? O't ti "filltiroedd i ffwrdd"!'

''Whare teg, Jes. 'Wy'n gwybod wnes i gawlach o bethau, ond taset ti ond yn gadael i fi ymddi–'

Ond ro'n i eisoes ar fy nhraed. 'Paid â thrafferthu. Cadwa dy ymddiheuriad i rywun sydd eisiau'i glywed – 'sdim taten o ots 'da fi, Osh,' sibrydais yn ffyrnig a cherdded bant.

Pennod 20

Er nad o'n i'n siarad gydag Osh, doedd hynny ddim yn mynd i'm rhwystro i rhag defnyddio'i wybodaeth. Cyn gynted ag yr es i i mewn i'r car, dywedais wrth Mam am y treinyrs.

Edrychai'n amheus. 'Sut elli di gofio hynny, cariad? O'n i'n meddwl dy fod ti tu ôl i'r drws yr holl amser?'

'Sa i'n gwybod! Newydd gofio ydw i,' meddwn i'n bigog. 'Gallwn ni ffonio'r heddlu cyn gynted ag y cyrhaeddwn ni gartre a rhoi gwybod iddynt.'

Dechreuodd Mam yrru. 'Mm. 'Wy'n amau a fydden nhw'n meddwl ei fod yn rhywbeth pwysig; mae'r patrwm igam-ogam 'na'n boblogaidd iawn…'

Nodweddiadol iawn ohoni hi i wybod am y ffasiynau diweddaraf! Fel tasai hynny o unrhyw bwys. 'Mae'n gliw. Wrth gwrs ei fod e'n bwysig!' sgrechiais.

Slamiodd Mam ei throed ar y brêc a stopio'r

car yn syth, gafaelodd yn f'ysgwyddau a'm gorfodi i droi i'w hwynebu. 'Hei! Y cyfan ro'n i'n ei olygu oedd paid â bod yn rhy obeithiol; dyw e ddim yn gliw arwyddocaol iawn. A plîs paid â siarad 'da fi fel'na. 'Wy'n gwybod dy fod ti'n anhapus ond nid fi yw'r drwg yn y caws fan hyn.'

'Iawn,' meddwn gan droi i ffwrdd oddi wrthi, 'wna i ddim siarad 'da ti o gwbl 'te.'

Wnes i ddim torri gair â Mam am weddill y daith. Tra oedd Mam yn parcio'r car, es i'n syth i'r tŷ, gan obeithio y byddai Dad ychydig yn fwy agored ei feddwl am yr wybodaeth newydd. Am unwaith, doedd dim rhaid i fi grwydro drwy'r tŷ i gyd i ddod o hyd iddo; roedd e yn y gegin pan frasgamais i mewn. Y drafferth oedd fod Olwen yno hefyd, yn brysur yn glanhau llestri gorau Mam ac yn clebran fel melin bupur.

Am rwystredig! Anghofiais y byddai'r fenyw lanhau yno. Roedd hi wedi cytuno i newid ei horiau dros dro er mwyn gweithio gyda'r hwyr; roedd gormod o lwch ac anhrefn tra bo'r dynion diogelwch o gwmpas yn ystod y dydd. Dywedais helô wrthi a rhoi cusan i Dad ar ei foch cyn bwrw iddi'n syth gyda'r newyddion mawr. 'Jac,' dywedais, ''wy newydd gofio rhywbeth am un o'r lladron a dylai'r heddlu gael gwybod am hyn yn syth bìn …'

'Hei, grêt,' meddai Olwen gan dorri ar draws, 'gorau po gynted y caiff y lladron 'ma eu dal torri mewn a rhoi llond twll o ofn i ferched bach a hynny yng ngolau dydd. Dylen nhw gael uffach o grasfa, os 'ych chi'n gofyn i fi …'

Gwenais yn ddiolchgar ar Olwen. Roedd hi 'di 'nghefnogi i o'r cychwyn cyntaf. 'Ta beth,' es ymlaen yn glou, cyn i Mam gael cyfle i roi'i phig i mewn, 'odd un ohonyn nhw'n gwisgo treinyrs pêl-fas gyda phatrwm igam-ogam gwyrdd a du arnynt.'

Cyn i Dad allu ymateb, cawsom ein byddaru gan sŵn llestr yn torri'n deilchion ar y llawr llechi wrth i Olwen ollwng fâs o'i dwylo.

Aeth popeth yn ffradach wedyn! Dechreuodd Dad weiddi ar bawb i beidio â sefyll ar y darnau miniog, ymddiheurodd Olwen ryw filiwn o weithiau ac aeth i nôl brwsh. Wrth gwrs, camodd Kiersten i mewn yr union eiliad honno gan ychwanegu at y syrcas drwy roi'i throed fawr ar ddarn o'r tsieina a'i chwalu'n rhagor o ddarnau mân. Erbyn i'r llawr gael ei lanhau ac i Orla fynd adre roedd Dad wrthi'n cwyno

ynghylch hawlio 'rhywbeth arall eto ar yr yswiriant', ac roedd gwybodaeth Osh am y treinyrs â'r patrwm igam-ogam wedi mynd yn angof. Ond mi lwyddais i gael fy rhieni i addo y byddent yn gadael i WPC Patel wybod amdano y peth cyntaf bore drannoeth.

Credais y baswn i'n cysgu'n well, ond gan 'mod i'n gwybod am y treinyrs, dechreuais greu llun yn fy mhen o'r dyn a'u gwisgai. Dychmygais ei fod yn dal iawn – chwe throedfedd dwy fodfedd, o leia – a bod ganddo wyneb garw, cas a gwallt seimllyd, llipa. Byddai'i ddannedd yn siŵr o fod yn felyn am iddo smygu gormod, a'i anadl yn drewi fel gwter. Breuddwydiais ei fod yn pwyso dros fy ngwely, y storm eira yn ei law, ac yn chwerthin yn fy wyneb. ''Wy'n dod i dy nôl di,

Jes Turner. All yr holl dechnoleg ffansi yn y byd mo 'nghadw i draw – cred ti fi.'

Pennod 21

Roedd dydd Gwener yn ddiwrnod od iawn yn yr ysgol. Dechreuodd y cyfan yn y wers Gymraeg pan oedd Miss Cadwaladr eisiau cymryd fy ffôn symudol oddi arnaf. Ocê, 'wy'n cyfadde 'mod i'n tecstio pobl gartref pan ddylwn i fod yn darllen rhyw ddarn neu'i gilydd, ond gallai Miss Cadwaladr fod wedi rhoi rhybudd i fi yn lle mynnu 'mod i'n rhoi'r ffôn iddi. 'Dwi wedi cael llond bol o'r pethau 'ma. Alla i ddim yn fy myw ddeall pam yn y byd eich bod yn cael dod â nhw i'r ysgol yn y lle cyntaf,' meddai, gan ddal ei llaw allan yn gwbl sicr y baswn i'n rhoi'r ffôn iddi fel merch fach ufudd. Na, *no way, never*. Ddim heddiw. Amhosib. 'Dwi'n addo na wna i decstio unrhyw un eto ond mae angen i fi ei gadw,' plediais, gan ei stwffio'n gyflym i fy mag.

'Nid gofyn ond dweud ydw i, Jes – rhowch y ffôn i fi nawr.'

Fe wrthodais i unwaith eto, er bod pawb yn

rhythu'n syn arna i – doedd tynnu'n groes i Miss Cadwaladr ddim yn beth doeth i'w wneud – ond allwn i ddim rhoi'r ffôn iddi. Beth tasai Mam yn ffonio? Ar ôl deg munud o godi'i phwysau gwaed hi'n beryglus o uchel i ddynes o'i hoedran hi ond heb lwyddo i gael unrhyw effaith arna i, anfonodd Miss Cadwaladr fi at Mrs Jones. Yr un olygfa eto. Anfonodd Mrs Jones fi at Mrs Lloyd-Edwards, pennaeth y flwyddyn. Yr un olygfa eto. Ro'n i'n synnu lawn cymaint â'r athrawon at yr hyn a alwodd Mrs Jones yn 'styfnigrwydd rhonc' ar fy rhan, ond ro'n i'n hollol benderfynol o beidio â rhoi fy ffôn iddynt. Gyda llaw, dyw 'styfnigrwydd rhonc' ddim hanner cystal â 'chwit-chwat', ydy e?

Ar ôl darlith faith am gwrteisi a phwysigrwydd rheolau, a wnaeth i mi grio ond na wnaeth imi lacio fy ngafael ar y ffôn, cyrhaeddodd Mrs Lloyd-Edwards ben ei thennyn a bu'n rhaid iddi siarad gyda Jac. Gwyddwn yn ôl y ffordd roedd hi'n amneidio'i phen ac yn gwneud synau bach llawn cydymdeimlad ei fod e wedi dweud popeth wrthi am y lladrad a'i effaith arna i. Grêt. Nawr byddai pawb yn yr ysgol yn gwybod, yn ogystal â phawb

yn y Clwb 'Rôl Ysgol, ond doedd yr un iot o ots 'da fi. 'Ddwedodd e rhywbeth am treinyrs pêl-fas?' gofynnais pan roddodd hi'r ffôn i lawr o'r diwedd.

Na oedd yr ateb byr, llawn dryswch. Ar ôl i fi chwythu fy nhrwyn dipyn ac iddi hi ddweud stori am ladron yn nhŷ ei brawd, gan gytuno nad yw'n brofiad neis o gwbl, caniataodd Mrs Lloyd-Edwards i fi gadw'r ffôn symudol, ar yr amod na faswn i'n ei ddefnyddio byth eto yn ystod y gwersi am y gweddill o 'nghyfnod yn yr ysgol. Wedyn bu'n rhaid i fi ymddiheuro i Mrs Jones a Miss Cadwaladr – i'n falch o gael gwneud hynny – ac roedd yn rhaid i fi ddal i fyny â'r holl waith dosbarth a gollais – ro'n i'n llai balch o wneud hynny ond yn cytuno'i fod yn ddigon teg.

Roedd dydd Gwener yn fwy od byth pan ddaeth yr ysgol i ben achos dyna lle roedd Osh yn aros amdana i. 'Beth wyt ti 'i eisiau?' meddwn yn eitha diamynedd achos ro'n i eisiau llonydd i edrych ar y negeseuon ar fy ffôn.

'O'n i'n digwydd pasio,' dywedodd, gan gerdded wrth fy ochr.

'Pasia di yn dy flaen 'te,' atebais yn swrth wrth i fi agor y negeseuon yn yr *inbox* – dim un – anfonais neges ddig at Kiersten.

'Dere, bydd rhaid i ti siarad â fi rywbryd, y ploncar pwdlyd.'

'Cer i grafu, Osh.'

'Ocê,' meddai, a thaflodd ei hun ar y pafin.

Ac rwy'n golygu 'taflu'. Cwympodd e'n syth i'r llawr heb rwyd ddiogelwch na dim byd i rwystro'i wyneb rhag cael ei wasgu'n yfflon i'r pafin. Gwasgarodd merched i bob cyfeiriad wrth iddo syrthio gan ei alw'n 'dwpsyn'; arafodd car i weld yn union beth oedd yn digwydd ac roedd golwg bryderus ar wyneb y ddynes oedd yn gyrru. 'Osh, cwyd,' meddwn i gan sefyll wrth ei ymyl, codi fy llaw ar yrrwr y car a gwenu'n ffals arni. 'Cwyd!' meddwn eto pan nad oedd dim ymateb.

'Dwi'n methu. 'Wy 'di marw,' oedd ei ateb.

'Iawn. Dyw'r ysbyty ddim yn bell; rwy'n siŵr

bod gwely gwag yn y *morgue* i ti,' dywedais wrtho cyn cerdded i ffwrdd a'i adael yno.

Ro'n i wedi cerdded ryw hanner can metr pan ddaeth e o hyd i fi eto. 'Wel, wel, mae croen dy din di ar dy dalcen di heddiw, on'd yw e,' meddai dan ei wynt.

'Nag yw ddim.'

'Wel, o leia ti'n siarad, mae hynny'n rhywbeth.'

Ciledrychais arno. Roedd cerrig mân wedi glynu wrth ei wddf a deilen yn sownd wrth goler ei grys. Mm, deniadol iawn, Osh. 'Pam wyt ti yma? Bydd dy fam di'n mynd yn benwan,' meddwn i wrth aros i'r traffig ddod i stop ar Stryd y Bont er mwyn i ni allu croesi.

''Wy'n moyn siarad.'

''Sdim byd 'da ni i siarad yn ei gylch.'

'Wrth gwrs bod 'na – nid ti yw'r unig un sy'n teimlo'n ofnus, ti'n gwybod.'

'Beth ti'n 'i feddwl?'

Roedd cyfaddefiad Osh yn dipyn o sioc; mae e mor *matcho* fel arfer.

'Sa i'n gallu stopio meddwl a welon nhw fi?' ychwanegodd yn dawel.

'O dan y gwely?'

Roedd fy nhafod miniog yn rhoi'r argraff nad oeddwn yn poeni dim arno.

'Wel, ti byth yn gwybod. Hwyrach bod 'da fe lygaid pelydr-X neu gamerâu pitw bach yn ei dreinyrs,' mwmialodd.

Er bod y ddau ohonom yn gwybod ei fod yn swnio'n dwp, ro'n i'n deall yr holl beth yn union – er nad o'n i eisiau teimlo felly. Dyw cael dychymyg byw ddim yn help wethiau. Edrychais i'n ofalus ar Osh a gwyddwn o'r olwg ddifrifol ar ei wyneb ei fod yn gwbl ddidwyll. 'Sut wyt ti'n dychmygu odd e'n edrych? Yr un ddaeth i mewn i'm hystafell i?' gofynnais yn fwy tawel. ''Wy'n meddwl ei fod e'n *drygi* gyda gwallt hir, seimllyd a dannedd melyn,' dywedais.

Dechreuodd Osh gydgerdded â fi, 'Na –*skinhead* fydde fe – ti'n gwybod – gwallt wedi'i siafio ac yn gwisgo dillad *designer.* Falle taw dyna beth o'n nhw ar ei ôl – dillad ac yn y blaen.'

''W'yn methu'n lân â deall pam ddygodd e fy stormydd eira i.'

'Fel 'wedodd y boi arall, "slej" oedd e.'

Chwarddais a buon ni'n cyfnewid syniadau yr holl ffordd at y bws. Roedd hi'n gymaint o ryddhad i rannu'r hunllef gyda fe. Oedd e yno; oedd e'n deall. Roedd y bws yno'n barod, ac yn gwbwl naturiol camodd Osh i'r ochr i adael i fi fynd 'mlaen gyntaf. Heb feddwl ddwywaith, es i i eistedd ar y sedd hir ar yr ochr – ein sedd arferol ni – a daeth Osh i eistedd nesaf ata i. Roedd hi'n rhyfeddol sut yr oedd fy holl atgasedd tuag ato'n araf ddiflannu.

Stwffiodd ei fag yn y bwlch rhyngom ac edrychodd i fyw fy llygaid. ''Wy mor flin am dy adael di ar dy ben dy hun, Jes. Do'n i ddim yn meddwl yn glir. Y cyfan allen i ganolbwyntio arno oedd fod yn rhaid i fi gyrraedd adre cyn i Mam gael gwybod ble o'n i 'di bod.'

''Wy'n gwybod,' dywedais, gan sylweddoli am y tro cyntaf sefyllfa mor anodd fu hi iddo fe hefyd. Pam ddylai e fod wedi aros 'mond i gael ei hun i ragor o strach, mewn gwirionedd? Achos wedi'r cwbl, fi oedd wedi'i lusgo i'r tŷ yn y lle cyntaf. Fi oedd wedi'i roi e mewn perygl, nid y ffordd arall.

'Beth fydde dy fam yn ei ddweud tasai hi'n dy weld di yma nawr?' gofynnais, gan gofio'r holl bethau a ddywedodd hi wrtha i ar y ffôn.

''Wy ddim yn gwybod a dwi ddim yn poeni,' atebodd Osh. 'Y cwbl a wn i yw mai dyma lle 'wy'n moyn bod.'

Syllon ni ym myw llygaid ein gilydd, a theimlai fel oes yn ôl ers i ni rannu'n cusan Hollywoodaidd yn y sied. Estynnais draw a thynnu'r ddeilen o'i goler.

Pennod 22

Aethon ni i mewn i'r Clwb 'Rôl Ysgol gyda'n gilydd. 'Bydd yn barod i amddiffyn dy hun, boi,' rhybuddiais Osh wrth i Cadi anelu'n syth atom.

'Wedi gwneud hynny'n barod,' atebodd e, gan ddal ei fag ysgol o'i flaen mewn man strategol.

Rhoddodd Cadi anferth o waedd wrth i'w phen fwrw yn erbyn canfas a llyfrau ysgol. 'Odd hwnna'n brifo!' criodd, gan rwbio'i phen yn grac a churo'r llawr â'i thraed, yn union fel actores o fri.

'Cer i chwarae, Cadi,' meddai Osh wrthi, gan swnio fel petai wedi cael llond bol.

'Mae Brandon ar ei ben ei hun wrth y dillad gwisgo lan,' ychwanegais.

'Mae Brandon yn gwlychu'i bants,' atebodd yn ôl.

'Hei, 'wy'n credu 'i fod e'n mynd i wisgo'r bŵts cowboi 'na hefyd,' meddwn i'n gelwydd i gyd.

Gwgodd Cadi arna i. 'Smo fe'n cael eu gwisgo nhw; fi biau nhw,' meddai, a bant â hi i'w hawlio nhw'n ôl, heb sylweddoli nes iddi gyrraedd yno nad oedd Brandon yn agos i'r lle. Eisteddodd ar y llawr a dechreuodd wisgo'r bŵts, 'ta beth; yn hollol benderfynol o stwffio'i thraed ynddynt cyn i unrhyw un arall gael cyfle.

''Dyn ni'n dîm da,' chwarddais, gan roi *high-five* i Osh. Ces i un yn ôl ganddo a syllodd yn ddwfn i fy llygaid. ''Wy'n mynd i siarad â Mam. Ddweda i bopeth wrthi.'

''Sdim rhaid i ti,' meddwn i.

'Oes, mae'n rhaid. 'Wy'n teimlo fel bod gen i anferth o ginio dydd Sul yn sownd yn fy stumog a 'mod i ddim yn gallu'i dreulio fe. 'Wy'n teimlo'n llawn ac yn sâl drwy'r amser.'

'Cymhariaeth neis,' meddwn i gan wenu.

'Ie, dwi'n cytuno,' meddai'n chwareus, 'ond alla i ddim dweud wrthi heno – mae'n rhaid iddi fynd i gasglu Dad o'r maes awyr. Ddyweda i wrthi yfory. Addo.'

'Mae e lan i ti.'

Roedd y ddau ohonon ni'n sefyll 'na, ychydig yn ansicr ynglŷn â beth i'w wneud nesaf. Roedd gen i 'nghylchgrawn yn barod ac roedd digon o lefydd gwag wrth y bwrdd crefftau ond o'n i bron â marw eisiau bod gydag Osh; o'n i eisiau i ni fod yn ffrindiau 'to. Ond fentrwn i ddim *dweud* hynny. Wrth lwc, Osh dorrodd yr iâ drwy ofyn i fi a o'n i'n mynd i eistedd yn y gornel astudio. 'Cei di wneud fy ngwaith cartref Ffrangeg ar fy rhan,' meddai e'n hael i gyd.

'O, *merci beaucoup* i ti hefyd,' atebais.

'*Murky buckets* ti fod i'w ddweud,' cywirodd Osh, gan arwain y ffordd at y bwrdd. 'Os nad wyt ti'n siŵr o'r pethau mwyaf elfennol, llawn cystal i fi wneud y gwaith fy hun.'

'Wel, mae tro cyntaf i bopeth.'

'Medde ti. Fetia i mai ti sy'n cael y marciau gwaethaf yn Maths y dyddiau 'ma.'

'Agos at dop y dosbarth, fel mae'n digwydd.'

'Ie, ac mae'n siŵr bod moch yn gallu hedfan hefyd.'

'Gobeithio bydd un yn gollwng plops ar dy ben di wrth hedfan heibio.'

O, 'na deimlad braf oedd tynnu coes unwaith eto!

Wrth i ni nesáu at y bwrdd, wnaeth Sami-llygad-barcud roi hergwd i Sam a roddodd hergwd i Llion a stopiodd liwio, gan roi gwên fach i fi, cyn troi'n ôl at ei lun.

'Symuda lan,' dywedodd Osh wrth Llion a wnaeth le i ni'n syth.

Ro'n i'n teimlo tipyn bach yn od i fod 'nôl 'na eto – bron fel 'swn i'n tresbasu, yn enwedig gan 'mod i wedi bod yn gymaint o hen gnawes. Beth tasen nhw ddim eisiau fi 'nôl? 'O! Sut aeth hi neithiwr?' gofynnais, ar ôl sylwi bod gan Llion ei daflen farddoniaeth wrth law. Ffordd dda o ddechrau sgwrs, meddyliais.

'Ofnadwy;' atebodd, 'i ddechrau …'

Achosodd hergwd gan Sam i bensil Llion sgrialu dros ei bapur. 'Llwyddon ni i fynd drwodd i'r ffeinal; 'na'r prif beth, ontyfe? 'Sdim angen i Jes gael gwybod yr holl fanylion,' meddai Sam wrtho'n reit awgrymog.

'Iawn,' mwmialodd Llion, gan wgu'n galed yn

ôl ar Sam.

Mewn geiriau eraill, meindia dy fusnes, Jes; smo hyn yn ddim byd i'w wneud â ti nawr. Wel! Roedd y croeso yn y gornel astudio yn bell o fod yn un twymgalon, ond beth arall oedd i'w ddisgwyl? Wnes i eu llongyfarch nhw am fynd drwodd a dechrau gosod fy ngwaith cartref allan ar y bwrdd. Bu Osh yn ddigon caredig i ychwanegu ei lyfr Ffrangeg at y domen. 'Tudalen un deg pump, rhif un i ddeg. *Sea view play*.'

'*Murky buckets*,' atebais i.

Roedd hi'n braf bod yn ôl, rhaid cyfaddef.

Pennod 23

Ond roedd rhagor o'r dydd Gwener od i ddod. Dad ddaeth i 'nghasglu i'r noson honno, a oedd yn grêt, er yn annisgwyl. 'Ble mae Mam?' gofynnais i'n syth.

'Ac mae'n neis dy weld di hefyd,' atebodd gan gymryd fy mag a chodi llaw ar Mrs Thomas.

'Mae hi'n iawn, on'd yw hi? Achos 'dyw hi ddim wedi tecstio heddiw a …'

'Mae hi'n iawn, paid â phoeni,' cysurodd Jac fi, gan fy arwain i allan, 'mae rhyw broblem 'da'r fenyw lanhau.'

'Beth wyt ti'n 'i feddwl?'

'Mae Mrs Voyle wedi penderfynu ymddiswyddo. Wel, ddim hyd yn oed hynny, i fod yn gywir. Mae hi am adael ar ôl gorffen ei gwaith heno. Mae'r tŷ'n boddi dan blastar a llwch, diolch i'r adeiladwyr, ac mae hi'n dewis yr union adeg yma i godi'i phac. Grêt. 'Sdim teyrngarwch gan bobl y dyddiau 'ma. Mae hi'r un peth yn Llundain.

Mae'r asiantaethau'n anfon pobl draw ac mae 'da nhw restr o reolau hyd dy fraich di: allan nhw ddim gwneud hyn a 'dyn nhw ddim i fod i godi hwnna …'

Dilynais Dad bob cam i'r car, gan hanner gwrando arno. Doedd hyn ddim yn deg o gwbl. Ar yr union adeg pan fo un peth yn dechrau syrthio i'w le, roedd rhywbeth arall yn codi ac yn difetha popeth. Ro'n i'n hoff o Olwen hefyd; roedd hi bob amser mor siriol a doniol. Roedd bywyd yn bendant yn boen.

Pan gyrhaeddon ni adref, dywedais 'helô'n' glou wrth Mam. Roedd Jac wedi fy nghynghori i gadw draw nes bod ni'n gwybod a oedd pethau wedi'u datrys. Ar sail y tuchan a ges yn ateb gan Mam, a'r ffordd roedd hi'n bwrw stêc heno â'i holl nerth wrth ei pharatoi, doedd pethau ddim 'di mynd yn rhy dda, 'swn i'n 'i ddweud. Gadewais i'r gegin yn go glou.

Roedd Olwen wrthi'n brysur yn polisio casyn pren y cloc yn y cyntedd lle roedd gweddillion y plastar o'r nenfwd wedi gadael haenen o lwch ym mhobman. 'Heia Olwen,' meddwn i'n ofalus.

Wnaeth hi ddim hyd yn oed edrych arna i. Yn

lle hynny, dechreuodd rwbio'i dwster dros draed y cloc fel tasai hi ddim 'di polisio ers dwy ganrif. Yn sydyn, meddyliais am rywbeth a wnaeth i mi deimlo'n ofnadwy o anghyfforddus. Ai arna i oedd y bai fod Olwen yn gadael? Achos 'mod i 'di bod mor anodd yn ddiweddar?

'Ym … 'wy'n flin ofnadwy i glywed eich bod chi'n ein gadael ni …' dechreuais.

'Wel, mae'r pethau 'ma'n digwydd,' mwmialodd.

'Ac mae'n ddrwg 'da fi am fod mor haerllug yn ddiweddar. Smo fe'n ddim byd personol, ond ers y … bechingalw …' syllais i fyny ar y taclau diogelwch bach yn y nenfwd a oedd yn brysur wrth eu gwaith ym mhob cornel.

''Wy'n gwybod!' llefodd Olwen, gan roi gwaedd dorcalonnus a yrrodd ias oer i lawr fy nghefn. Roedd hi'n wirioneddol ofnadwy.

'Olwen? Olwen, beth sy?' gofynnais, gan ollwng fy mag ysgol a rhuthro draw ati.

Doedd hi ddim yn gallu ateb. Cynorthwyais hi i eistedd ar gadair a rhedais i'r gegin i nôl gwydraid o ddŵr iddi. 'Mae Olwen yn crio!' gwaeddais ar Jac a Kiersten. 'Dewch â'r Kleenex!'

'Fy mai i yw e i gyd, fy mai i yw popeth,' llefodd Olwen wrth i ni gasglu o'i chwmpas.

'Dy fai di yw beth?' gofynnodd Kiersten, gan benlinio o'i blaen a gafael yn ei llaw'n dyner.

'Wnes i gadw fe. Ond 'wy'n difaru f'enaid ac wedi gofyn am faddeuant Duw a'r holl seintiau  am wneud 'ny. 'Swn i'n rhoi'r byd i gyd yn grwn am allu troi'r cloc yn ôl a'i daflu yn y bin fel y dwedoch chi, ond o'n nhw'n gwrthod mynd ag e i ffwrdd, chi'n gweld. Ddwedon nhw os nad oedd e'n ffitio yn y bin do'n nhw ddim yn gallu'i gymryd ...'

'Pwy? Beth?'

'Y dynion sbwriel. O'n nhw'n gwrthod mynd â'r llun. Y llun hyfryd 'na o'r tŷ a dynnwyd o'r awyr.'

'Ie, a beth wedyn?' gofynnodd Kiersten. Chwythodd Olwen yn galed i'r hances a rois iddi. 'Es i ag e adre 'da fi a'i roi uwchben y lle tân. "Co ti," meddwn i wrth Robert ni, "tŷ fel'na fydd 'da ni ryw ddydd pan fyddwn ni 'di ennill y Loteri."' Chwarddodd yn chwerw.

'Wel,' meddai Mam, ''se'n well 'da fi taset ti ddim wedi gwneud hynny, Olwen, ond 'na ni, dyw e ddim yn ddiwedd y byd.'

'O, ond mae e, Mrs Turner,' llefodd Olwen, 'achos dyna oedd dechrau popeth!'

Pennod 24

Roedd hi'n dweud calon y gwir hefyd; dyna'n union oedd gwraidd y drwg. Ar ôl cwpwl o funudau a channoedd o lymeidiau o ddŵr, llwyddodd Olwen i ddod at ei hun a chyfadde'r gwir reswm dros ymddiswyddo. 'Dych chi'n cofio i fi ddweud iddi ollwng y fâs 'na pan wnes i sôn am y patrwm igam-ogam ar y treinyrs? Unrhyw syniad pam wnaeth hi hynny? Wel, roedd gan Robert bâr yn union yr un peth. 'Dych chi eisiau gwybod rhywbeth arall – ac rwy'n dweud y stori yn gynt o lawer na phan glywson ni hi gan Olwen, credwch chi fi – Robert a rhyw foi arall dorrodd i mewn i'n tŷ ni! Wir i chi!

Mae'n debyg bod Robert, pan nad oedd ganddo waith, yn aml yn cael criw o'i fêts draw i'r tŷ pan fyddai Olwen allan. Un diwrnod, daeth hi 'nôl o'r gwaith a gweld bod Robert a'i ffrind, Chris, wedi tynnu'r llun o Gwrt yr Hendre oddi ar y wal ac yn edrych arno'n ofalus drwy chwyddwydr. 'Ni'n tsieco'r to a'r *guttering* rhag ofn bod jobyn i ni 'na,' esboniodd Marley. Byddai e'n aml yn cael gwaith ar y slei gan ryw foi trwsio toeau o'r enw Gary Kaye. Ie, ie – cywir! G.K. – adeiladwr, ond yn bwysicach fyth, boi oedd yn berchen ar fan. O, roedd holl ddarnau'r jig-so yn syrthio'n daclus i'w lle nawr, wrth gwrs, ond dim ond wedi'r lladrad yr aeth Olwen ati i roi'r darnau at ei gilydd.

Dechreuodd hi sylwi ar newid yn ymddygiad Robert. Bob tro y byddai hi'n sôn am beth oedd wedi digwydd yn ein tŷ ni – ac i fi, yn enwedig – byddai e naill ai'n newid y pwnc neu'n edrych yn euog ac yn anghyfforddus, yn enwedig pan soniodd amdanaf yn symud o'r ystafell wely a bod 'ofn ei chysgod ei hun arni'. Felly roedd hi wedi dechrau amau bod rhywbeth yn bod, ond clywed am y treinyrs wnaeth gadarnhau popeth iddi.

Aeth Olwen adref a chwilota drwy ystafell ei mab lle y daeth hi o hyd i – ie, cywir eto – y stormydd eira wedi'u cuddio ar waelod y cwpwrdd. O'r eiliad y cyrhaeddodd e 'nôl o'r dafarn, bu hi'n ei holi'n dwll. Gwadodd bopeth i ddechrau, ond mynnodd hi ddal 'mlaen i'w holi nes iddo gael llond bol yn y diwedd a chyfaddef iddo fenthyg ei hallwedd hi i'r drws cefn a gadael ei hun i mewn. 'Felly, beth wyt ti'n mynd i wneud nawr? Dweud amdana i wrth yr heddlu? Dy fab dy hun?' gofynnodd iddi. 'Odd e yn ei ddagrau; dagrau mor fawr â balŵns.' Edrychodd Olwen i fyny arnom wrth ddweud hyn ac ysgwyd ei phen, gan fethu credu'r peth o gwbl. 'Mae e'n iawn! Alla i ddim rhoi fy mab fy hun yn nwylo'r heddlu, er Duw a'i gŵyr hi ei fod e'n haeddu hynny, ond fe yw'r unig un sy gen i yn y byd i gyd ers i Jim farw. Beth wna i? Beth yn y byd wna i?' Roedd e'n gwestiwn od ar y naw i'w ofyn i ni, o bawb.

Er, cofiwch chi, roedd ein hateb ni'n fwy od byth.

Pennod 25

'Wnest ti beth?' gofynnodd Osh mewn syndod pan ffoniais i e ychydig o oriau'n ddiweddarach i ddweud yr holl hanes wrtho.

'Eu gwahodd nhw draw am de,' dywedais eto. ''Wy'n gwybod ei fod yn swnio'n hurt, ond ti'n gweld, roedd Olwen yn torri'i chalon cymaint fel y cytunon ni na fydden ni'n cysylltu â'r heddlu'n syth bìn; ddim nes i ni glywed beth oedd gan Robert i'w ddweud. Os na ddaw e, byddwn ni'n mynd yn syth at yr heddlu. A dyna 'i diwedd hi.'

'Ydw i wedi deall hyn yn iawn. Mae'r fenyw 'ma, Olwen Voyle – sy'n enw ffug, 'wy'n siŵr …'

'Nag yw ddim.'

'Meddylia am y peth. *Olwen Voyle*. Beth yw enw 'i gŵr hi? Popeye?

'Mae 'i gŵr hi 'di marw, a'i enw e oedd Jimmy. Ro'n nhw'n gariadon ers dyddiau ysgol; bu e farw pan oedd Robert yn ddeg a smo fe 'di bod yr un peth ers hynny.'

'Beth bynnag. Mae'r fenyw'n eistedd 'na ac yn cyfaddef i'w mab ladrata o'ch tŷ, dwyn eich stwff, rhoi ofn ofnadwy i ti − a fi − a 'dych chi'n mynd i'w gwahodd nhw 'nôl i'r tŷ am baned a bisgïen.'

'Ddim i'r tŷ,' meddwn i'n frysiog, ''wy ddim yn moyn nhw yn y tŷ eto. 'Dy'n ni'n mynd i gwrdd yng nghaffi Electronica, tu ôl i'r ganolfan siopa, am bedwar o'r gloch fory. 'Na reswm arall pam dwi'n ffonio − do'n i ddim eisiau i ti fod yn sefyll tu fas i'r ysgol fory yn meddwl beth oedd yn mynd 'mlaen … hynny yw, os o't ti'n bwriadu dod.

'Wrth gwrs 'mod i,' meddai'n bendant, a wnaeth i fi deimlo bod fy mola'n llawn pilipalod. 'Ond pam mae'n rhaid i ti fynd? Pam smo nhw'n gallu datrys yr holl beth rhyngddyn nhw 'u hunain? Beth os daw e â chyllell neu rywbeth?'

'W … wnes i ddim meddwl am hynny. Sa i'n credu bydd e'n gwneud hynny … mae Olwen yn taeru nad yw e wedi gwneud dim byd fel hyn o'r blaen.'

'Wel, mi fydde hi'n dweud hynny.'

'Osh, paid â bod mor negyddol.'

'Wel, mae angen i rywun agor dy lygaid di. Sôn

am newid dy gân; un funud ti'n cael hunllefau am y boi 'ma, a'r funud nesa ti yw ei ffrind gore.'

''Wy'n gwybod ei fod yn swnio 'bach yn od,' cyfaddefais, 'ond gan 'mod i'n gwybod pwy wnaeth e nawr, sa i'n teimlo mor … ofnus. Mae 'da fi enw, oed, a rheswm – i raddau. Ti'n gwybod, aeth e â'r stormydd eira 'na i'w rhoi i'w nith achos odd e'n methu fforddio prynu anrheg iddi ar ei phen-blwydd.'

'Pa fath o esgus yw hwnna? Pwy fydde eisiau stwff 'di ddwyn yn anrheg ben-blwydd, ta beth?'

Do'n i ddim wedi meddwl am y peth o'r safbwynt 'na. Roedd y cyfan mor syml pan oedd Olwen 'ma, yn crefu arnom i roi cyfle i'w mab achos bod e ddim 'di cael cystal cyfle â phawb arall. Ond roedd pwynt Osh yn un teg hefyd. Roedd yr hyder newydd a deimlwn yn dechrau diflannu'n ara' deg. Rhois gynnig arall ar geisio argyhoeddi Osh, a fi fy hun yn y fargen. 'Wel, mae Mam 'di darllen ar y we am achosion lle mae dioddefwyr yn dod wyneb yn wyneb â'r drwg-weithredwyr ac mae'n debyg y gall hyn hwyluso'r broses o ddod i delerau â'r peth.'

'Oes hawl 'da ti i roi yffach o slap iddyn nhw?'

gofynnodd Osh. 'Byddai hynny'n sicr yn helpu'r broses.'

''Wy'n eitha siŵr nad yw hynny'n rhan o'r ddêl.'

'Trueni.'

Ro'n i wedi bwriadu gofyn iddo a oedd e am ddod hefyd. Ro'n i wedi cyfaddef wrth Mam ei fod e yno gyda fi'r diwrnod hwnnw, ac wedi egluro wrthi pam 'mod i wedi cadw'r cyfan yn dawel. Dywedodd hi y dylwn i ei wahodd, 'ar yr amod ei fod yn cael caniatâd,' pwysleisiodd. Ond teimlwn y byddai cael Osh yno yn ei hwyliau presennol ddim yn helpu rhyw lawer ar y broses o gau'r clwyfau. 'Well i fi fynd,' dywedais, 'sa i eisiau i dy fam ddod gartre a dy ddal yn siarad â'r ferch ofandwy 'na, Jes Turner.'

Wnaeth e ddim anghytuno â fi. 'Ie, wel, rho wybod i fi beth wnaiff ddigwydd fory 'te.'

'Ti fydd y cyntaf i gael gwybod,' addewais iddo.

Pennod 26

Cyrhaeddon ni'r caffi ar gyfer y cyfarfod yn ôl y trefniadau. Roedd Olwen eisoes wedi'n ffonio ymlaen llaw i ddweud wrthom na fyddai Chris yno – roedd ganddo ryw 'gyfarfod' arall – felly ro'n i'n gwybod mai dim ond y ddau ohonyn nhw a ni'n tri fyddai yno. Fe welais i Olwen yn syth ym mhen pella'r caffi. Roedd hi wedi gwneud ymdrech arbennig, a gwisgai'r hyn a dybiwn oedd ei siwt las tywyll orau, ac yn goron ar y cyfan roedd ganddi hat i gyd-fynd â'r siwt. Doedd y dillad ffurfiol ddim cweit yn gweddu i'r caffi a oedd yn denu pobl ifanc a myfyrwyr yn bennaf, ond roeddwn i wedi 'nghyffwrdd yn fawr ei bod hi'n teimlo bod angen eu gwisgo. Ro'n i'n hoff iawn o Olwen. Mae'n drueni bod yn rhaid i'w mab ddifetha popeth. Eisteddai *e* nesaf ati. Robert, y llipryn lleidr ei hun. Roedd e'n gwisgo siwt hefyd; dan orchymyn ei fam, mae'n siŵr. Edrychent fel dau westai priodas oedd ar goll. Er, do'n i ddim yn teimlo'n flin amdano fe chwaith. Roedd rhybuddion Osh wedi bod yn chwyrlïo drwy 'mhen i drwy'r dydd. Beth *tasai* cyllell ganddo? Beth os mai *set up* oedd y cyfan? Cuddiais tu ôl i Mam, gan ddifaru 'mod i erioed wedi gwrando ar ei theori am ddioddefwyr a chyfarfodydd dwl, wyneb yn wyneb. Ond nid fi oedd ar flaen ei meddwl ar hyn o bryd. 'Jac,' sibrydodd Mam wrth i ni agosáu at y bwrdd, 'cofia beth wedes i: paid â cholli dy dymer. Os gwnei di golli rheolaeth fel y gwnest ti adeg y Nadolig, *ni* fydd y rhai mewn trwbl a bydd dim trugaredd i ti yn y llysoedd wedyn.'

'Fel tasai angen i ti f'atgoffa i,' arthiodd Dad. Ces i'r argraff fod y ddau ohonynt lawn cymaint ar bigau'r drain â fi – a doedd hynny'n ddim cysur.

A ninnau'n agosach at y bwrdd erbyn hyn, gallwn weld wyneb Robert yn fwy clir. Fel Olwen, roedd ganddo wyneb hir, twt heb fod yn arbennig o gofiadwy; fyddech chi ddim yn sylwi arno mewn torf. Roedd ei wallt brown golau yn fyr ond ddim wedi'i siafio i ffwrdd fel y dychmygai Osh. Doedd e ddim fel ro'n i wedi'i ddychmygu chwaith. Do'n i ddim yn gwybod p'un ai i deimlo'n falch neu'n siomedig. Er gwybodaeth, do'n i ddim yn gwybod beth i'w deimlo o gwbl. Roedd y cyfan yn eitha afreal.

Rhoddodd Olwen bwniad i Robert, felly mi neidiodd yn hytrach na chodi o'i sedd, gan daro yn erbyn y bobl ar y bwrdd tu ôl iddo. 'Sori, mêt,' mwmialodd wrthynt.

Bu clywed y llais bach gwichlyd yna eto yn ddigon i droi fy stumog. Cyn pen eiliad ro'n i 'nôl tu ôl i ddrws yr ystafell wely eto, yn un bwndel o ofn. 'Swn i wedi rhedeg i ffwrdd oni bai am Mam yn gafael yn dynn yn fy llaw. Arweiniodd hi fi at y bwrdd lle yr eisteddais yn hollol dawel a llonydd wrth ymyl Olwen.

Dad wnaeth y siarad i gyd ar y dechrau. Y cyfan a wnâi Robert oedd mwmial neu roi atebion amddiffynnol i gwestiynau anodd Jac, a'r cyfan a wnes i oedd eistedd yno fel cwningen fach ofnus.

Roedd Orla'n dawel hefyd, a gwasgai ei bag llaw fel llawfeddyg yn gwasgu corff am arwyddion o fywyd. Ro'n i'n falch o gael canolbwyntio ar y cappuccino pan gyrhaeddodd, a syllais ar y ffroth gwyn, ysgafn nes iddo ddiflannu.

'Jes?' gofynnodd Kiersten i mi.

Edrychais arni, gan sylweddoli o'r olwg bryderus ar ei hwyneb nad dyma'r tro cyntaf iddi alw fy enw i. Rhaid 'mod i wedi ymgolli'n llwyr yn fy myd bach fy hun; rwy'n gwneud hynny weithiau pan rwy'n poeni am rywbeth. 'Jes, oes rhywbeth rwyt ti eisiau'i ofyn? Unrhyw beth rwyt ti am ei ddweud wrth y ... boi 'ma?' gofynnodd yn ddisgwylgar, yn amlwg yn awyddus i mi rannu 'nheimladau. Ysgydwais fy mhen. Roeddwn wedi'i weld. Gallwn roi wyneb i'r bwystfil; roedd hynny'n ddigon. Doedd gen i ddim byd i'w ddweud wrth y ... boi 'ma, wedi'r cyfan.

'Robert!' meddai Olwen yn siarp. 'Beth sy 'da *ti* i'w ddweud wrth Jes?'

Gallwn deimlo'i lygaid arna i. Do'n i ddim eisiau edrych arno a dweud y gwir, ond wnes i orfodi fy hun i wneud hynny neu ni fyddai unrhyw bwrpas i'r pantomeim 'ma. Codais fy mhen yn araf a syllais i'w lygaid, gan weld cywilydd go iawn ynddynt. Cliriodd ei wddf yn nerfus. 'Wel,' dechreuodd, 'wel, ti'n gweld ... Wnes i barhau i syllu ym myw ei lygaid, fel nyrs sy'n benderfynol bod ei chlaf yn mynd i lyncu'i foddion, er iddo gymryd pob gronyn o bob nerf a oedd gen i yn fy holl gorff i wneud hynny. Falle fod Robert yn teimlo ac yn meddwl yr un peth: ei bod hi'n well iddo ddechrau esbonio o ddifri er mwyn ceisio tawelu'i gydwybod achos dechreuodd siarad yn glou yn acen y Cymoedd, gan gyfeirio'i eiriau ata i. Wnes i lwyddo i ddeall y rhan fwyaf o'r hyn a oedd ganddo i'w ddweud– rywsut neu'i gilydd. ''Wy'n … 'wy'n sori, am fel, rhoi ofn i ti. Nag o'n i'n meddwl bydde unrhyw un i mewn, t'wel, ti'n deall beth sy 'da fi? 'Swn i ddim 'di gwneud dim byd … dy frifo di na dim. Fase Chris ddim wedi chwaith – smo ni fel 'na – ma 'da fe grwtyn bach ac mae un arall ar y ffordd, ti'n deall beth sy 'da fi?'

Edrychodd i ffwrdd a dechreuodd ffidlan â'r fowlen o lympiau siwgr brown a gwyn o'i flaen cyn cymryd anadl ddofn a mynd yn ei flaen. ''Sen ni'n gwybod dy fod ti lan lofft, 'sen ni ddim 'di mynd lan. 'Wy'n addo. Ges i lond twll o ofn pan wedodd Mam wrthon ni dy fod ti yno'r holl amser. 'Wy'n gweud 'tho ti, 'swn i wedi dy weld, 'swn i 'di marw yn y fan. Heb air o gelwydd – achos 'co, dishgwl arna i – 'wy'n real hen *wimp*. Y syniad oedd i fynd i gael pip fach breifat ar y lle, t'wel, er mwyn cael gweld tu fewn i shwd dŷ mawr crand.'

'O, plîs!' meddai Mam wedi'i colli thymer erbyn hyn.

Cochodd Robert yn syth pan sylweddolodd nad oedd neb yn credu'i stori ddwl am eiliad. 'Do'n i ddim yn bwriadu gwneud unrhyw ddrwg i neb,' gorffennodd yn dila.

Ac ro'n i'n wirioneddol yn credu hynny. Byddai Osh yn dweud 'mod i'n feddal fel brwsh, siŵr o fod, ond ro'n i wir yn credu na fyddai wedi torri i mewn tasai'n gwybod 'mod i yno. Mi fyddai dal wedi torri i mewn, ond rywbryd arall. Roedd Robert Voyle, yn ôl ei gyfaddefiad ei hun, yn hen *wimp*.

Yn ara' deg, roedd yr holl ofn a oedd wedi bod yn cronni tu fewn i fi ers y lladrad wedi toddi'n llwyr fel siwgr mewn paned o de.

Amneidiais arno unwaith, yn glou iawn, ond yn ddigon hir iddo wybod 'mod i wedi deall. Amneidiodd yntau'n ôl.

'Wy'n moyn mynd nawr,' dywedais yn sydyn

wrth Kiersten, ''wy 'di cael digon.'

Sefais ar fy nhraed yn barod i adael. Edrychai pawb mewn tipyn bach o benbleth, fel pan ddewch chi allan o sinema dywyll i olau'r haul, ond do'n i ddim eisiau bod yn rhan o'r cam nesaf, sef penderfynu a fyddai'r heddlu'n cael eu galw ai peidio – mater i'r oedolion oedd hynny. Y cyfan ro'n i eisiau oedd mynd i'r Clwb 'Rôl Ysgol a bod yn normal.

'Un funud,' dywedodd Robert, ''wy'n moyn rhoi'r rhain 'nôl i ti.' Ymbalfalodd o dan y bwrdd am fag plastig a ddaliodd allan o'i flaen fel pysgotwr yn dangos ei helfa orau erioed. 'Y pethau 'na ydyn nhw …' esboniodd.

''Wy'n gwybod beth ydyn nhw,' dywedais, 'ond alla i ddim dioddef eu cyffwrdd nhw nawr. Cadwa di nhw.' Ro'n i'n mynd i ddweud wrtho i'w rhoi nhw i … 'dy nith,' ond cofiais farn Osh am hynny, felly '… rho nhw i blant Chris' oedd yr hyn a ddywedais yn y diwedd.

Edrychai Robert yn anghyfforddus. 'Ym … iawn … diolch … ym … diolch.'

A dyna, fy ffrind, sut gafodd Jes Turner ei bywyd yn ôl.

Pennod 27

Bu bron iawn i fi fownsio allan o'r car pan ollyngodd Mam fi wrth y Clwb 'Rôl Ysgol. ''Wy'n mynd i fynd 'nôl i gasglu Jac a dod 'nôl amdanat ti mewn rhyw hanner awr, ocê? Welai di cyn bo hir, cariad,' galwodd Mam ar fy ôl.

'Ddim os gwela i di'n gyntaf.'

Ai fi ddywedodd hynny? Byddai'n rhaid i fi hogi fy hiwmor, mae'n amlwg ei fod yn reit rhydlyd. Rhuthrais drwy'r gât, 'swn i wedi hoffi sgipio, ond llwyddais i ymatal fel y ferch ysgol uwchradd gall ag o'n i. Ces i'r teimlad fod Mam dal yn y car yn fy ngwylio, felly cyn diflannu o'r golwg fe wnes i droi rownd a chodi fy llaw arni. O'n i'n iawn; roedd hi'n dal yno'n syllu arna i a gwyddwn yn iawn y byddai gwên lydan ar ei hwyneb. Mam – 'wy'n dwlu arni. Penwythnos 'ma ro'n i'n bwriadu prynu'r bwnsied mwyaf o flodau iddi ei gael erioed i ddweud diolch wrthi am ofalu amdanaf drwy hyn i gyd. A Dad hefyd. Er, falle

131

ddim blodau iddo fe. Beth hoffai e gael? O ie, perffaith. 'Swn i'n gadael iddo ddychwelyd i'w waith! Roedd tacalau diogelwch ym mhob twll a chornel o'r tŷ. Byddai angen gradd mewn electroneg, o leia, ar unrhyw ddarpar ladron o hyn ymlaen. Ro'n i'n teimlo mor ddiogel ag y gallwn fod.

Camais i mewn i'r caban gan chwibanu, dywedais 'Helô' wrth Mr Williams wrth lofnodi'r gofrestr a mynd i chwilio'n syth am Osh. Ro'n i'n poeni 'mod i wedi'i golli – roedd hi 'di troi hanner awr wedi pump ac roedd rhai o'r plant eisoes wedi gadael. Ro'n i bron â marw eisiau dweud popeth wrtho am y cyfarfod â Robert, ond roedd e draw yn y gornel yn trafod rhywbeth â Mrs Thomas a Cadi. Edrychent yn go ddifrifol; roedd Cadi'n ysgwyd ei phen yn benderfynol wrth i Mrs

Thomas, a oedd wedi penlinio i lawr er mwyn gallu edrych ym myw ei llygaid, siarad â hi mewn llais isel.

'Beth sy'n digwydd draw fan'na?' Gofynnais i Sami, a oedd wrthi'n cau caeadau bocsys losin y siop.

'O, ti 'di colli hymdingar go iawn,' sibrydodd Sami'n uchel. 'Dechreuodd Cai a Cadi gwmpo mas am y bŵts cowboi eto. Cerddodd Cai bant i ddangos bod dim ots 'da fe, felly taflodd Ruby un o'r bŵts ato fe a'i fethu, a bwrw Miriam yn ei phen yn lle hynny. Wnaeth y sawdl dorri cwt cas a gwneud iddi waedu; wrth lwc mae ganddi wallt du, felly wnaeth e ddim dangos lot, ond roedd yn rhaid i Mrs Heneghan ddefnyddio'r holl wlân cotwm yn y bocs cymorth cyntaf, bron iawn, i'w lanhau. 'Elli di weld drosot ti dy hun os edrychi di yn y bin.'

'Ym ... dim diolch.'

'Doedd Mam Miriam ddim yn hapus o gwbl pan gyrhaeddodd hi, alla i ddweud wrthot ti. Rhoddodd hi bryd o dafod i Mrs Thomas ac rwy'n credu bydd Mrs Thomas yn rhoi pryd o dafod i Mrs Puw pan ddaw hi.'

'O,' meddwn i, gan edrych draw yn y gobaith o ddal llygad Osh i gydymdeimlo ag e, ond roedd e'n syllu ar ei draed ac yn amlwg wedi cael llond bol. Meddyliais pa mor annheg oedd hi bod Osh wastad yn cael ei lusgo i ganol helbulon Cadi. Roedd e'n f'atgoffa i o Olwen am ei fod e wastad yn gorfod ysgwyddo'r cyfrifoldeb am bawb arall.

'Ta beth, pam wyt ti mor hwyr?' gofynnodd Sami, gan fynd yn syth at y pwynt fel arfer.

Basai hi wrth ei bodd yn cael clywed popeth, ond do'n i ddim yn barod i rannu hyn gyda gweddill y byd eto, 'mond ag Osh. 'O, oedd rhaid i fi gymryd rhan mewn … cyfarfod siarad cyhoeddus,' dywedais wrthi cyn newid y pwnc yn gyflym. 'Pam mai ti sy'n rhoi'r siop i gadw? O'n i'n meddwl mai gwaith Sam oedd hynny?'

Gwgodd Sami. 'O, smo fe wedi gwneud hyn ers talwm achos y cwis llyfrau, felly fi sydd yng ngofal y peth nawr. Bydda i'n falch pan fydd yr hen beth 'na drosodd, wir. Mae Sam yn poeni mwy am y cwis 'na nag am ei brofion TASau, sy'n esbonio lot.'

'Pam?'

Slamiodd y caead ar y bocs olaf yn swnllyd.

'O wel, ti'n gwybod, ar ôl beth ddigwyddodd yn y rownd ddiwethaf.'

'Beth ddigwyddodd yn y rownd ddiwethaf?' gofynnais.

Agorodd ei cheg ac yna'i chau unwaith eto, fel tasai hi newydd sylweddoli â phwy roedd hi'n siarad. 'Well i ti ofyn iddyn nhw,' dywedodd, gan amneidio ar Llion, Alex a Sam a oedd draw yn y gornel lyfrau yn paratoi rhyw ddarn drama. Edrychais, ond gwyddwn na allwn i fynd draw atynt a dechrau ymyrryd unwaith eto. Ches i ddim croeso'r tro diwethaf i fi ofyn, a doeddwn i ddim am fentro eto. Do'n i ddim am i ddim byd amharu ar fy hwyliau da am sbel fach eto.

Ochneidiais, gan edrych o gwmpas am rywbeth i'w wneud, a dyna pryd gyrhaeddodd Mrs Puw. Syllodd y ddwy ohonom ar ein gilydd ond ches i ddim gwên yn ôl ganddi. Edrychais i ffwrdd yn gyflym achos do'n i ddim eisiau iddi feddwl 'mod i'n gwenu oherwydd y trwbwl a'u hwynebai gyda Cadi. 'Dere, dweda wrtha i beth ddigwyddodd yn y rownd ddiwethaf,' meddwn i wrth Sami'n gyflym er mwyn edrych fel 'swn i ar ganol sgwrs.

Edrychodd Sami arna i'n hurt. 'Wel, iawn 'te,

ond paid â dweud wrthyn nhw 'mod i wedi dweud neu bydd Sam ddim yn siarad â fi byth 'to.'

''Wy'n moyn cael clywed y cyfan,' dywedais wrth Sami wrth i Cadi roi gwaedd a hanner.

A dyna beth wnaeth hi. Pam yn y byd fues i mor dwp â gofyn?

Pennod 28

Pam fod bywyd mor gymhleth? Prin ddwy awr yn ôl ces i'r profiad mawr, chwyldroadol hwn yn y caffi. Dwy awr! Chwarae teg, pam na allai Bywyd, Duw neu Karma fod tamed bach yn fwy caredig wrtha i? 'Hei bois, gadewch lonydd i'r peth bach; mae hi newydd ddod wyneb yn wyneb â'r lleidr 'na, mae ganddi domen o waith cartref, mae ganddi Osh a'i fam amddiffynnol a'i chwaer boncyrs, ac mae ganddi apwyntiad gyda'r deintydd yr wythnos nesaf er nad oes ei angen arni. Mae ganddi ddigon ar ei phlât – gadewch lonydd iddi – OK?' Na. Dim gobaith. Rhaid mynd o un ddrama'n syth i'r llall.

'Paid â hyd yn oed meddwl am y peth,' meddwn i wrth fy hun wrth fynd lan llofft i newid, 'nid dy fai di oedd beth ddigwyddodd yn ystod rownd "Barddoniaeth i Bawb o Bobl y Byd''.

Hanner awr yn ddiweddarach ro'n i ar y ffôn yn siarad â Sam. Roedd e ar ganol ei swper –

cawl cig oen, yn ôl ei fam – ac roedd wedi synnu rhywfaint o glywed gen i. Wnes i ddim gwastraffu 'ngeiriau. 'Sam, ydy e'n wir fod y fenyw o glwb Teigrod Amser Te wedi gwneud cwyn amdana i?'

'Ym …'

'Odd hi'n credu ei bod hi'n annheg 'mod i yn y tîm achos 'mod i dipyn yn hŷn na phlant ei thîm hi, a bod hynny wedi rhoi mantais annheg i ni, er ei bod hi'n amlwg i bawb nad o'n nhw'n gwybod dim yw dim?'

'Ym …'

'Dywedodd Mrs Thomas fod holl bwyntiau'r rownd flaenorol wedi'u canslo a bod yn rhaid i bawb ddechrau o'r dechrau?'

'Ym …'

'Felly, roedd hynny'n beth gwych i ddynes y Teigrod Amser Te achos yn lle'r boi 'na oedd â'i fraich mewn plastar, dyma hi'n rhoi'r *genius* 'na o ysgol y bechgyn yn ei thîm, er bod Beca wedi clywed mai dim ond unwaith erioed y bu e mewn Clwb 'Rôl Ysgol, a hynny pan oedd e'n chwech oed?'

'Ym …'

'A bod y *genius* 'ma wedi eistedd drws nesaf i

Llion a sibrwd pethau cas wrtho er mwyn ei rwystro rhag canolbwyntio?'

'Ym …'

'Pam wnest ti ddim dweud wrtha i? Na, paid ag ateb hwnna. 'Wy'n gwybod yr ateb i hwnna. Sam, wyt ti dal angen pedwerydd person ar gyfer y tîm?'

'Ym … ydw.'

'Wnei di gymwynas â fi? Wnei di ffonio'r lleill a gofyn iddyn nhw a ydyn nhw eisiau fi 'nôl?'

'Wyt ti o ddifri?' gofynnodd yn ofalus.

'O ydw, dwi o ddifri go iawn.'

''Sdim angen i fi ffonio pawb, Jes. Ti'n gwybod y bydden ni'n dwlu dy gael di'n ôl, ond dim ond os wyt ti eisiau.'

'Grêt. Elli di fynd 'nôl i orffen dy gawl nawr.'

'Ym … diolch.'

'Gyda llaw, alla i ddim datgelu pwy roddodd yr holl wybodaeth i fi.'

'Deall yn iawn.'

Pennod 29

’Wy’n mynd i symud ymlaen nawr at y peth mawr nesaf a ddigwyddodd yn fy mywyd. Sori bois os yw hynny’n eich cymhlethu chi, ond smo chi wir eisiau clywed yr holl fanylion diflas amdana i’n symud ’nôl i fy ystafell wely wreiddiol bla, bla, bla. Os oes ’da chi unrhyw gwestiynau, wna i eu hateb nhw ar y diwedd, bobl, rwy’n addo. Mae’r darn nesaf ’ma yn fwy pwysig o lawer – credwch chi fi.

Bythefnos yn ddiweddarach: Diwrnod Cenedlaethol y Llyfr. Dychmygwch yr olygfa. Rydyn ni mewn ystafell gefn yn Llyfrgell Lôn y Coed yng nghanol y dre. Mae tua pedwar deg o blant, a gludwyd yn ddiogel yma gan fflyd o geir, bysiau mini a tacsis, yn eistedd â’u coesau wedi’u croesu ac ychydig yn ofnus yn y fath ystafell urddasol, ynghyd â’u cynorthwywyr, rhieni, llyfrgellwyr, a’r wasg leol. Mae pedwar tîm (Clwb ’Rôl Ysgol Aber, Clwb Miri Mawr Myrddin, Clwb

'Rôl Ysgol SGAM a'r Twpsod Amser Te) yn disgwyl yn nerfus i'r gystadleuaeth ddechrau. Eistedda'r pedwar beirniad (llyfrgellydd llyfrau plant o'r enw Wendy, person pwysig o bwyllgor rhanbarthol y Clybiau 'Rôl Ysgol, athrawes ddrama a'r Maer – pwysigion i gyd) tu ôl i ddesg hir â'u cwestiynau'n barod. Saif Mrs Thomas yn nerfus iawn ar y blaen. Saif arweinydd Clwb 'Rôl Ysgol hyderus iawn yr olwg mewn crys-T Simple Minds yn y cefn. Estynna Jes Turner, merch wedi'i weindio fel top, nodyn i Richard, y *genius* o ysgol y bechgyn. 'Ti'n gofyn amdani' yw'r neges syml.

Mae dwy ran i'r rownd derfynol. I ddechrau, rhaid i ni 'ddehongli' darn o un o lyfrau'r rownd gyntaf. Yn yr ail ran bydd rhaid i ni ateb cwestiynau am yr un llyfr. 'Bydd y cwestiynau ychydig yn anoddach na'r tro diwethaf,' rhybuddiodd Mrs Thomas ni.

Rhaid i bob tîm berfformio am gyfanswm o ddeg munud ac ateb cwestiynau am bum munud.

Aber sydd gyntaf. Maen nhw wedi dewis ffefryn Mr Charles, *The Turbulent Term of Tyke Tyler*.

Dechreuant drwy ddweud jôcs, yn union fel ar ddechrau bob pennod o'r nofel. Mae pawb yn chwerthin, gan gynnwys Daniel, y bradwr! Yna maen nhw'n actio golygfa ar ddiwedd y llyfr, pan fo Tyke yn dringo tŵr yr eglwys a phawb yn gweiddi arno. Mae'r bachgen sy'n actio Tyke yn mynd dros ben llestri braidd ac yn syrthio oddi ar ei gadair. Dydy'r gynulleidfa ddim yn siŵr a oedd hynny'n fwriadol ai peidio, a ddim yn gwybod chwaith a ddylen nhw glapio neu alw am ambiwlans. Grêt.

Miri Mawr Myrddin sydd nesaf. Maen nhw'n gwneud yn union fel y grŵp cyntaf. Camgymeriad mawr ac mae'r beirniaid wrthi'n ysgrifennu'n brysur. 'Maen nhw'n ysgrifennu'r gair "anwreiddiol",' sibrydaf wrth Llion ac mae e'n edrych arna i'n llawn gobaith. Mae 'i wyneb bach mor llwyd â phen-ôl eliffant.

Yna daw eu tro nhw. Teigrod Twp Amser Te. Mae'r boi Richard 'na'n gwneud ffŵl llwyr o'i hun. Falle 'i fod e'n gwybod *The Secret Garden* tu chwith allan yn Ffrangeg, Almaeneg a Lladin, ond all e ddim actio. A gwaeth fyth, 'sneb 'di bod yn ddigon dewr i ddweud wrtho. 'Dyle fe fod wedi chwarae rhan y goeden,' sibrydaf wrth Llion, sy'n dal i edrych yn welw.

Ein tro ni nawr. Tynnwn ein gwisgoedd allan o'u cuddfan o dan y bwrdd. Gellir clywed y gynulleidfa'n tynnu anadl pan welant fy ngwisg i. Yn fwriadol araf, tynnaf allan y got ffwr ffug, wen, hir, a greodd cymaint o gynnwrf pan ddefnyddiwyd hi ar glawr blaen *ItGirl* ym mis Ionawr, a'i lapio o 'nghwmpas gan ei dal o dan fy ngên yn ffroenuchel i gyd. Mae 'na adegau pan fo cael tad sy'n gweithio yn y diwydiant ffasiwn yn ddefnyddiol iawn, iawn. Hynny a mynychu gwersi drama Ysgol y Foneddiges Diana. Dechreua Osh chwibanu'n werthfawrogol ond rwy'n ei anwybyddu.

I dorri stori hir yn fyr. Mae pob un ohonom yn perfformio'n wych. Daw'r uchafbwynt ar y diwedd pan fo Sam, sy'n actio rhan Edmund, yn cyflwyno bocs o *Turkish Delight* i Wendy'r llyfrgellydd. 'I

143

chi,' meddai e'n gwrtais, gan foesymgrymu o flaen y beirniaid (Os nad ydych wedi darllen y llyfr, mae'r *Turkish Delight* yn hollbwysig). Gwena Wendy yn ... wel, siwgwraidd.

Rownd un i SGAM heb flewyn o amheuaeth. Mae'r ail rownd ychydig bach yn fwy anodd. Mae cwestiynau'r beirniaid ychydig yn fwy heriol a dim byd tebyg i 'enwch y ddau brif gymeriad'. Cwestiynau fel 'pa fath o effaith gafodd y stori hon arnoch chi?' sy'n rhaid eu hateb nawr. A rywsut, dwi ddim yn credu bydd yr ateb 'Sa i'n gwybod' yn plesio. Disgleiria Richard yn y rownd hon, rhaid mai T. Llew Jones yw ei dad-cu neu rywbeth. Mae pob un o'r beirniaid yn nodio'u pennau yn rhy frwdfrydig o lawer, hyd yn oed Wendy, sydd â siwgr eisin dros eu gwefusau i gyd erbyn hyn.

Pan ddaw ein tro ni llwyddwn i ateb yn iawn, ond nid yw'r beirniaid yn amneidio'u pennau mor frwdfrydig ag y gwnaethant ar Richard. Yr athrawes ddrama sy'n gofyn y cwestiwn olaf. 'Fasech chi'n cytuno bod y diweddglo, pan ddaw Aslan 'nôl o farw'n fyw, ychydig yn afrealistig?' gofynna hi. Edrychaf draw at Sam gan feddwl yr hoffai e ateb hwnna, ond cyn iddo gael cyfle i ddweud dim, coda Llion ar ei draed. Chi'n cofio Llion, yr un bach swil, llwydaidd sy'n cael ei ddysgu gartref? Wel, rhaid bod 'na rywbeth yn y *Turkish Delight* 'na achos clywodd pawb yn yr ystafell ei ateb clir, aeddfed, herfeiddiol hyd yn oed. Diawch, rhoddodd lond pen o ateb i'r athrawes ddrama 'na! Soniodd Llion am ail-ymgnawdoliad, ysbrydolrwydd, symboliaeth a phwysigrwydd helpu plant i ddod i delerau â marwolaeth mewn araith a adawodd y beirniaid yn gegagored ac yn estyn am eu geiriaduron.

'O ble yn y byd daeth hwnna i gyd?' gofynnais i Beca mewn syndod.

'Smo ti'n cofio? Bu farw tad-cu Llion adeg y Nadolig.'

'O,' meddwn i, heb ddeall yn iawn beth oedd ei phwynt hi, ond dwi ddim yn mynd i'r Ysgol Sul fel mae'r ddau ohonyn nhw'n gwneud. Eisteddodd Llion i lawr fel sach o datws yn sŵn cymeradwyaeth fyddarol y gynulleidfa.

Profiad melys iawn (dyna ni 'nôl at y siwgr 'na eto) yw gallu dweud mai Clwb 'Rôl Ysgol SGAM

145

oedd tîm buddugol y Cwis Llyfrau. A buont fyw'n hapus byth oddi ar hynny.

Gair i Gloi

Ydych chi am wybod beth rydw i'n ei feddwl? Mae 'na rai pethau y gallwch eu trwsio a phethau eraill nad oes modd eu trwsio. Fy ofn i o ladron. Tic. Sicrhau 'mod i'n cyrraedd yr ysgol yn brydlon. Tic. Ymddiheuro i'm ffrindiau ac i Mrs Thomas yn y Clwb am eu siomi ac ailymuno â'r tîm ar gyfer y ffeinal? Tic. Bod yn ffrindiau gydag Osh unwaith eto? Tic. Ei gael yn sboner unwaith eto? Tic. Tic. Rhoi gwybod i'w fam a chael sêl ei bendith. *Naaaaaaaa*. Ddim eto. Ddim hyd nes bydd yr amser yn iawn. Wel, dyna beth mae Osh yn 'i ddweud wrtha i drwy'r amser. Rhyngoch chi a fi, dwi ddim yn credu bydd yr amser byth yn iawn. Rwy'n credu bod y diwrnod pan welodd Mrs Puw fi yn y sied gyda Osh wedi bod yn gymaint o sioc iddi fel na ddaw hi byth drosto. Dwi ddim yn cymryd y peth yn bersonol; rwy'n cadw 'mhen i lawr ac yn osgoi bod yn agos at sied pan fydd hi o gwmpas.

Ta beth, mae gan y fenyw druan hen ddigon

ar ei phlât. Ar ôl y busnes taflu'r bŵts, awgrymodd Mrs Thomas efallai nad oedd Cadi'n barod i ddod i'r Clwb eto ar ôl treulio diwrnod cyfan yn yr ysgol. Yn garedig iawn, awgrymodd mai blinder oedd wrth wraidd ymddygiad Cadi. Doedd Mrs Puw ddim yn rhy hapus gyda hyn, yn enwedig pan wrthododd cyn-ofalwraig Cadi ei chymryd yn ôl 'o dan unrhyw amgylchiadau'. Beth mae hynny'n ei awgrymu, ys gwn i?

Yn y diwedd, bu'n rhaid i Mrs Puw gwtogi eu horiau gwaith a chasglu Cadi o'r ysgol ei hun. Mae Osh yn dweud bod Cadi'n well o lawer o gael y sylw hwn ond bod ei fam wedi blino'n lân! Rwy'n dueddol o gredu tasai hi'n rhoi ychydig mwy o sylw i Cadi ac ychydig llai o sylw i Osh byddai 'i bywyd hi dipyn yn haws, ond hei ho, dydw i ddim yn cwyno. Mae'r Clwb 'Rôl Ysgol yn ôl i'w hen drefn, ac mae Osh yn hapusach o lawer am nad oes angen iddo amddiffyn ei bechingalws yn awr bob tro y bydd yn camu i'r Caban.

Rydw i dipyn yn hapusach hefyd. Rwy'n teimlo 'mod i'n perthyn unwaith eto. Dydw i ddim yn cytuno i wneud pob cymwynas mae Mrs Thomas yn ei gofyn i mi, ond ar yr un pryd rwy'n gwybod pryd y *dylwn* gynnig helpu. Rwy'n Jes y ferch ddibynadwy a Jes y ferch fwy annibynnol hefyd. Dau am bris un. Rwy'n dal i deimlo braidd yn rhy hen i'r Clwb 'ma weithiau ac mae Osh yn teimlo'r un peth. Dwi ddim yn credu y bydda i'n dod yma ym mlwyddyn wyth, a dweud y gwir. Ond rwy'n sicr yn mynd i aros 'ma tan ddiwedd y flwyddyn achos dwi'n bendant ddim am golli priodas Mrs Thomas a Mr Charles; bydd hwnnw'n ddiwrnod a hanner. Er, dydw i ddim yn rhan o'r trefniadau cymaint â Beca, felly bydd yn rhaid i chi ddarllen ei stori hi nesaf i gael y manylion i gyd.

Hwyl i chi i gyd,

Jes

O N Dwi newydd feddwl am rywbeth pwysig am y lladrad. Dwi'n gwybod i mi lwyddo i drechu fy holl ofnau a dod wyneb yn wyneb â'r lleidr, ond rhaid bod llwythi o blant sydd wedi cael profiad tebyg ond heb y diweddglo hapus. Naill ai bod y lleidr yn dal i fod â'i draed yn rhydd neu bod y lladron wedi bod yn fwy cas o lawer na Robert Voyle (sy'n byw ac yn gweithio ar fferm ei wncwl yng Nghwm Rhymni nawr gydag Olwen a chi o'r enw Twm). Ta beth, un o'r pethau ddaeth Mam ar ei draws pan oedd hi'n ceisio fy helpu oedd y mudiad 'ma o'r enw Cymorth i Ddioddefwyr/ *Victim Support.* Y rhif ffôn yw 0845 3030900 ac mae ganddynt arbenigwyr sydd wedi'u hyfforddi i wrando a chynnig cymorth. 'Mond syniad yw hwn rhag ofn eich bod chi'n mynd trwy gyfnod anodd. Gobeithio y bydd o gymorth i chi.